文春文庫

養生所見廻り同心 神代新吾事件覚

花　一　匁

藤井邦夫

文藝春秋

目次

「神代新吾事件覚」江戸略地図

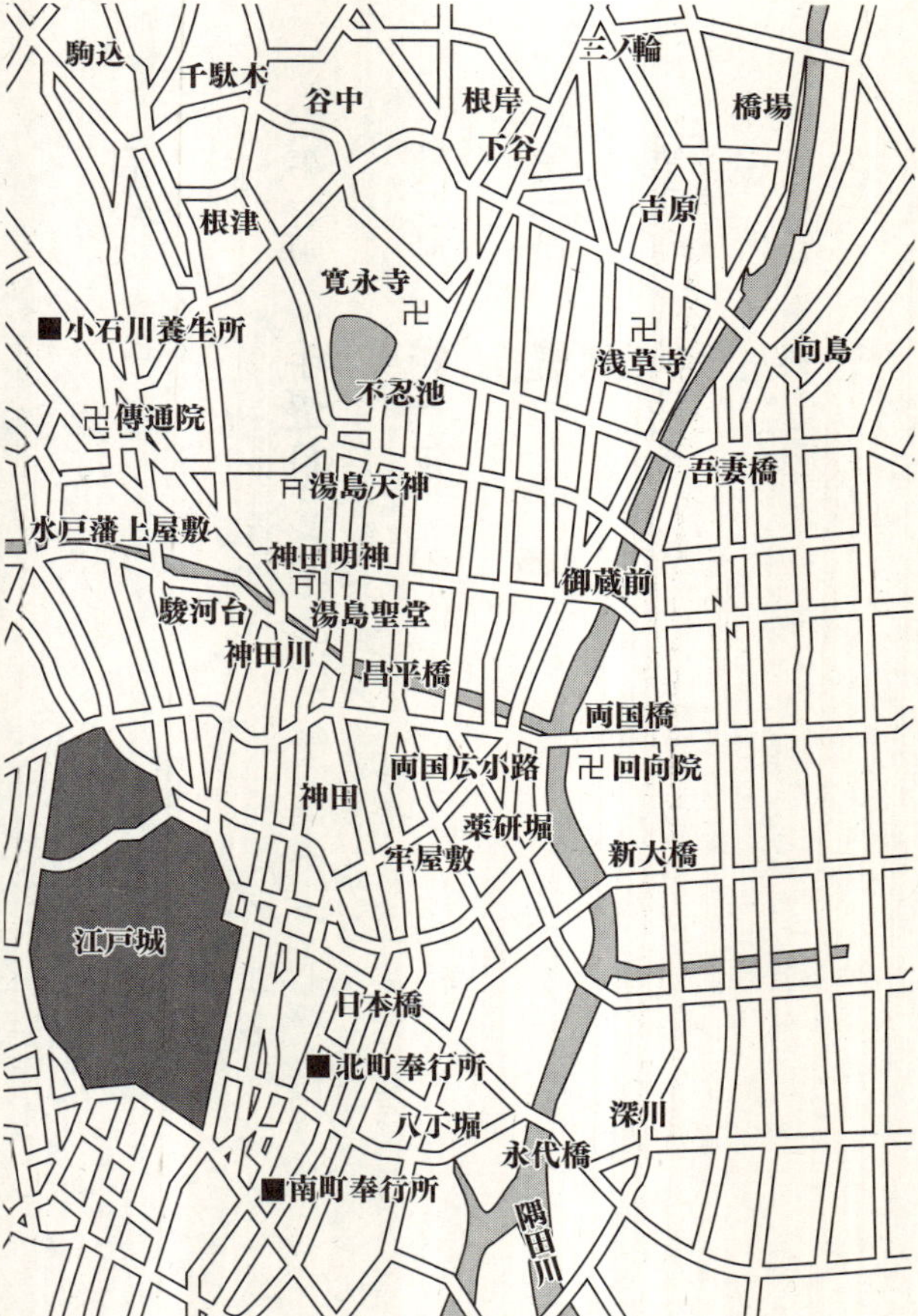

実際の縮尺とは異なります

小石川養生所は、享保七年に町医者小川笙船《しょうせん》の建議を八代将軍徳川吉宗が採用し、小石川薬園に作った低所得の病人などを収容する施療院である。養生所には本道、外科、眼科があり、通いの患者はいうに及ばず、入室患者も大勢いた。町奉行所からは、養生所見廻り与力と同心が詰めて管理していた。

養生所見廻り同心　神代新吾事件覚・登場人物

神代新吾（かみしろしんご）

北町奉行所養生所見廻り同心。まだ若い新吾は、事件のたびに悩み、傷つき、周りの助けを借りながら、成長していく。病人部屋の見廻り、鍵の管理、薬煎への立会い、賄所の管理、物品購入の吟味など、様々な仕事をこなす。事件を扱う、定町廻り・臨時廻り・隠密廻りの〝三廻り同心〟になるのを望み、北町奉行所臨時廻り同心白縫半兵衛を深く信頼している。南蛮一品流捕縛術を修行する。

白縫半兵衛（しらぬいはんべえ）

北町奉行所の老練な臨時廻り同心。新吾の隣の組屋敷に住んでおり、〝知らぬ顔の半兵衛さん〟と渾名される。未熟な新吾のよき相談役でもある。風貌は何処にでもいる平凡な中年男だが、田宮流抜刀術の達人でもある。

浅吉（あさきち）
〝手妻〟の異名を持つ博奕打ち。元々は見世物一座で軽業と手妻を仕込まれた。旗本屋敷の中間たちのいかさま博奕をあばき、いたぶられていたところを、新吾に助けられ、その後、新吾のために働くようになる。いつも右手の袖口に剃刀を隠しているなど、謎多き人物。新吾は浅吉の過去や素姓を知らない。

小川良哲（おがわりょうてつ）
小石川養生所本道医。養生所設立を公儀に建白した小川笙船《しょうせん》の孫であり、新吾とは幼馴染みの友人。

大木俊道（おおきしゅんどう）
小石川養生所の外科医。長崎で修行した蘭方医。

お鈴（おすず）
小石川養生所の介抱人。浪人の娘で産婆見習い。

宇平（うへい）
小石川養生所の下働き。

天野庄五郎（あまのしょうごろう）
新吾の上役である、北町奉行所養生所見廻り与力。

半次、鶴次郎（はんじ、つるじろう）
本湊の半次、役者崩れの鶴次郎。半兵衛と共に行動する岡っ引。

弥平次（やへいじ）
柳橋の弥平次。〝剃刀〟と称される南町奉行所吟味方与力の秋山久蔵《あきやまきゅうぞう》から手札を貰う岡っ引。船宿『笹舟』を営む。

幸吉、雲海坊、由松、勇次（こうきち、うんかいぼう、よしまつ、ゆうじ）
弥平次の下っ引の幸吉と、その手先たち。托鉢坊主の雲海坊、しゃぼん玉売りの由松、船頭の勇次。

養生所見廻り同心
神代新吾事件覚

花一匁《はないちもんめ》

この作品は「文春文庫」のために書き下ろされたものです。

第一話

手遅れ

一

月は神田川に映え、その流れに切れぎれに揺れていた。

大工の千造《せんぞう》は、湯島聖堂近くの普請場でその日の仕事を終え、仲間と神田佐久《さく》間町《まちょう》の居酒屋で酒を飲んだ。そして、仲間と別れ、神田川沿いの道を神田豊島町《としまちょう》にある長屋の自宅に向かった。

千造は道具箱を担ぎ、鼻歌混じりで神田川に架かる新《あたら》シ橋を渡り始めた。頭巾《ずきん》を被った羽織袴の武士が、新シ橋の袂から現れて立ち塞がった。

千造は、思わず立ち止って振り向いた。背後に二人の武士が現れた。

千造は恐怖に突き上げられた。

刹那、頭巾を被った武士が、刀を抜き払って千造に向かって地を蹴った。

千造は、恐怖に立ち竦んだ。頭巾を被った武士は、刀を月明かりに煌めかせて袈裟懸けに斬り下ろした。千造は袈裟懸けに斬られて仰け反り、道具箱を落として倒れた。

頭巾を被った武士は、その眼を血走らせて息を激しく乱した。背後にいた武士が、倒れた千造に駆け寄って非情に止めを刺した。

「さっ。参りましょう」

二人の武士は、肩で息をついている頭巾の武士を促し、三味線堀《さみせんぼり》から下谷に抜ける向柳原《むこうやなぎわら》の通りに走った。

夜の闇は、頭巾の武士たちの姿をすぐに覆い隠した。

千造は息絶えた。

辻斬り……。

北町奉行所臨時廻り同心白縫半兵衛《しらぬいはんべえ》は、岡っ引の本湊《ほんみなと》の半次《はんじ》と鶴次郎《つるじろう》と一緒に探索を開始した。


小石川養生所は年間八百両余りの費用で運営されていた。勘定奉行の勝手方掛りが金銭の出納を行い、その監督に町奉行所から与力・同心が詰めていた。

その日、養生所は通いの患者で溢れ、本道医の小川良哲《おがわりようてつ》や外科医の大木俊道《おおきしゆんどう》は、休む暇もなく診察に当たっていた。

北町奉行所養生所見廻り同心神代新吾《かみしろしんご》は、病人部屋を見廻り、賄所の物品の購入覚えを作る仕事をしていた。

新吾は、購入覚えを作り終え、筆を置いて庭先を眺めた。

庭には洗濯物が揺れ、入室患者たちが足慣らしをしていた。

命に関わる病の患者はおらず、忙しいながらも長閑《のどか》な一日だった。

「神代さま……」

下男の宇平《うへい》が、竹箒を手にして庭先にやって来た。

「なんだい宇平……」

「昨夜も神田川沿いで辻斬りがあったそうですねえ」

宇平は白髪眉をひそめた。

「ああ。新シ橋で大工が斬られた。これで二件目の辻斬りだよ」

「神田川界隈には、お大名やお旗本のお屋敷が多いから、きっと何処かの馬鹿殿さまの仕業ですよ」

「そうかも知れないな」

新吾は頷いた。そして、探索に走り廻っている半兵衛たちの姿を思い浮かべた。

辻斬りは人々を恐怖に陥れ、神田川沿いの道は夜になると人通りが途絶えた。

神田川の南岸、筋違御門《すじかいごもん》から浅草御門までの間は土手に柳並木があり、柳原通《やなぎわらどお》りと呼ばれていた。その柳原通りも閑散としていた。

両国広小路から着流しの侍がやって来た。

その侍は辻斬りを恐れる様子も見せず、柳原通りを筋違御門に向かっていた。

そして、浅草御門の前を通り過ぎ、新シ橋に差し掛かった。

頭巾を被った武士が、三人の武士を従えて新シ橋の袂から現れた。

着流しの侍は、歩調を変えず進んだ。

別の二人の武士が、着流しの侍の背後に現れて追って来た。

着流しの侍は怯《ひる》むことなく進んだ。

頭巾を被った武士は、刀を抜いて猛然と侍に斬り掛かった。

刀が煌めき、唸りをあげた。

刹那、着流しの侍は、腰を沈めて抜き打ちの一太刀を放った。横薙ぎの一閃は、頭巾を被った武士の脇腹を斬り裂いた。

田宮流抜刀術の見事な居合い抜きを使った着流しの侍は、北町奉行所臨時廻り同心の白縫半兵衛だった。半兵衛は、辻斬りを捕らえる為に己を餌にしたのだ。

頭巾を被った武士は、悲鳴をあげて倒れた。

若い……。

半兵衛は、悲鳴から頭巾を被った武士の年齢を読んだ。

刹那、背後から来た武士が、猛然と半兵衛に斬り掛かってきた。半兵衛は激しく斬り結んだ。

「早くお連れしろ」

三人の武士の一人が命じた。二人の武士が脇腹を斬られて泣き喚く頭巾の武士を抱きかかえて新シ橋を渡り、向柳原の道に走った。

半兵衛と背後から来た二人の武士は、激しく斬り結んだ。二人の武士は、頭巾の武士とは比べようもない手練《てだれ》だった。半兵衛は苦戦した。

「旦那……」

岡っ引の半次と鶴次郎が、呼子笛を吹き鳴らしながら飛び出して来た。

「追ってくれ」

半兵衛は、二人の武士と斬り結びながら怒鳴った。

半次と鶴次郎は、新シ橋を渡って追い掛けようとした。しかし、新シ橋には残る一人の武士がいた。

武士は刀を抜き、半次と鶴次郎に斬り付けた。半次と鶴次郎は、咄嗟に身を投げ出して躱《かわ》した。だが、武士に容赦はなかった。半次と鶴次郎は、躱すのが精一杯だった。

「くそっ」

鶴次郎が、十手を構えて猛然と突っ込んだ。武士の刀が唸った。鶴次郎は腕から血を飛ばし、新シ橋の欄干に激しく叩きつけられて倒れた。

「鶴次郎……」

半次は悲鳴のように叫んだ。

その時、両国の方から数人の男たちが提灯をかざして駆け寄って来た。

「退け」

鶴次郎を斬った武士は短く命じ、向柳原の道に走った。半兵衛と斬り結んでいた二人の武士は、身を翻して筋違御門に向かって走り去った。

「大丈夫か、鶴次郎」

半次は、倒れている鶴次郎に駆け寄った。

鶴次郎は、腕から血を流して苦しげに呻いていた。

「半兵衛の旦那……」

駆け付けて来たのは、柳橋で船宿『笹舟』を営んでいる岡っ引の弥平次《やへいじ》と下っ引の幸吉《こうきち》、手先を務める托鉢坊主の雲海坊《うんかいぼう》、しゃぼん玉売りの由松《よしまつ》、船頭の勇次《ゆうじ》だった。

「弥平次の親分か……」

「はい……」

半兵衛は、倒れている鶴次郎の許に行った。

「大丈夫か……」

半兵衛は、心配げに眉をひそめた。

「腕を斬られました」

「鶴次郎……」

「鶴次郎さん……」

幸吉、雲海坊、由松、勇次が心配げに見守った。

「掠り傷だ……」

鶴次郎は、苦しげに顔を歪めて笑った。半兵衛が手早く血止めをした。

「よし、鶴次郎を家に運ぶ。勇次、洪庵先生を呼んで来い」

弥平次が命じた。

「合点です」

勇次は駆け去った。

「じゃあ弥平次、鶴次郎を頼む」

「旦那は……」

「私は辻斬りの脇腹を斬った。おそらく血が滴り落ちているはずだ。そいつを見つけて辿ってみる」

「わかりました。半次、鶴次郎は俺が引き受けた。お前は旦那のお供をしな」

「ありがとうございます、親分。何分にも鶴次郎をよろしくお願いします」

「ああ。幸吉、雲海坊、由松、お前たちも旦那のお手伝いをしな」

「合点です」

「すまんな。弥平次、みんな……」

「そんな水臭い。さあ、行って下さい」

柳橋の弥平次は、南町奉行所吟味方与力の秋山久蔵《あきやまきゅうぞう》から手札《てふだ》を貰っている岡っ引だ。だが、半兵衛たちとも親しく、今までに何度も一緒に探索をして来た仲だった。

半兵衛は、半次や幸吉たちと提灯をかざして向柳原の道に急いだ。

「さあ、鶴次郎、少しの辛抱だぜ」

弥平次は、鶴次郎に肩を貸して立たせた。

「すみません。親分……」

「なあに、腕で済んで何よりだったな」

弥平次は、鶴次郎を励ました。

向柳原の通りの左右には、大名旗本の屋敷が甍《いらか》を連ねていた。

半兵衛は、半次や幸吉たちと血の滴りを追って進んだ。血の滴りは、対馬国《つしまのくに》府中藩十万石の江戸上屋敷の塀の角で途切れていた。

半次と幸吉たちは、府中藩江戸上屋敷と隣の伊勢国久居《ひさい》藩五万三千石藤堂佐渡守の上屋敷が並ぶ道と三味線堀への道に血痕を探した。だが、どちらの道にも血痕は見つからなかった。

見失った……。

半兵衛は、夜の静寂に覆われている武家屋敷街を見廻した。

辻斬りは主であり、残りの五人の武士は家来……。

半兵衛はそう睨んだ。

辻斬りは、大名家か大身旗本家の者たちなのだ。

半兵衛は、息を潜めて自分たちの様子を窺っている家来たちの気配を感じた。

夜風が吹き抜け、三味線堀の水面《みなも》に小波《さざなみ》が走った。

相模国溝口《みぞぐち》藩の江戸下屋敷は、夜の暗がりに包まれていた。

岩田《いわた》右《う》京之亮《きようのすけ》は昏睡状態に陥っていた。

医師の宗方順庵《むなかたじゅんあん》は、右京之亮の脇腹の傷を診て眉をひそめた。

「どうかな……」

右京之亮の守役・岩城《いわき》蔵人《くらんど》は、順庵に厳しい眼差しを向けた。

「斬られた傷だけならともかく、臓腑もかなりやられている。儂の手には負えぬ」

順庵は顔を歪めた。

「だからと申して、このまま右京之亮さまが息絶えるのを待つわけには参らぬ。誰かこの深手を治せる医者はおらぬのか」

岩城は、苛立ちと焦りを滲ませた。

右京之亮は、部屋住みとはいえ大名家の若さまだ。その若さまが、辻斬りを働いて逆に斬られて死んだとなると、守役の岩城蔵人の責めは大きく無事には済まない。岩城は、密かに右京之亮を腹立たしく思っていた。

だが、右京之亮を死なせてはならない……。

右京之亮を死なせれば、相模国溝口藩五万石岩田家の家臣として切腹をするか追放されるしかないのだ。

「傷を治せる外科医、一人いるかも知れぬ」

順庵は呟いた。

「誰だ。その外科医、何処の誰なのだ」

「小石川養生所の外科医大木俊道なる者、長崎で修行した蘭方医でな。その者ならば何とか治せるやも知れぬ」

「その大木俊道の家、何処か分かるか」

「確か本郷菊坂だと聞いた」

「誰かいるか……」

「はい」

右京之亮の近習《きんじゅ》・佐竹伝七郎《さたけでんしちろう》が次の間に現れた。

「佐竹、外の様子はどうだ」

「はい。町方の者ども、引き上げたようにございます」

「ならば佐竹、急ぎ本郷菊坂に行くのだ」

「本郷菊坂にございますか……」

「左様……」

岩城は頷き、佐竹伝七郎にその役目を伝えた。


鶴次郎の腕の傷は、幸いにも骨には達していなかった。

半兵衛は、下谷三味線堀一帯を調べると共に医者を当たった。

半兵衛に斬られた辻斬りの傷は、医者でなければ治療できないものだ。だが、三味線堀一帯には大名や旗本の屋敷が多く、藩医や抱え医者がいる事もある。辻斬りと家来たちに該当する者は、容易に浮かばなかった。


新吾は朝の病人部屋の見廻りを終え、役人部屋に戻った。

「新吾さん、良哲先生が呼んでいますよ」

介抱人で産婆見習いのお鈴がやって来た。

「良哲が……」

「はい……」

新吾は、お鈴に礼を云って良哲の診察室に向かった。

良哲は、通いの患者の診察に忙しかった。

「何か用か、良哲」

「おお、新吾。ちょいと俊道先生の処に行ってみてくれないか」

新吾と良哲は幼馴染みだった。

「大木俊道先生がどうかしたのか」

「昨夜遅く、家に怪我人を見て欲しいって侍がやって来て、出掛けたまま帰らないそうだ」

良哲は眉をひそめた。

「昨夜出たきりか……」

「うん。それで御新造《ごしんぞう》が心配し、使いに手紙を持たせて来てな」

「分かった。ちょいと行って見てくる。家は何処だ」

「本郷通りの菊坂だ。宇平が知っているから案内させるよ」

「そいつは助かる。じゃあ行ってくる」

新吾は、下男の宇平と共に養生所を出た。

養生所を出た新吾と宇平は、白山権現傍の蓮花寺坂から浄心寺坂を抜けて白山通りに出た。そして、追分に進んで本郷通りを菊坂町に急いだ。

大木俊道が妻子と共に暮らす仕舞屋《しもたや》は、菊坂町の片隅にあった。

「御新造さま、養生所の宇平にございます」

宇平は、格子戸を開けて声を掛けた。

俊道の妻の夏江《なつえ》が、幼い男の子を抱いて奥から出て来た。

「これは宇平さん……」

夏江は、夜遅く出掛けたまま帰らない夫を心配し、眠れない夜を過ごしたのか窶《やつ》れていた。

「北町の養生所見廻り同心の神代新吾さまをご案内して参りました」

宇平は新吾を紹介した。

「それはそれは。大木俊道の妻の夏江にございます」

「神代新吾です。御新造、詳しい話をお聞かせください」

新吾は、励ますように明るく告げた。

「わざわざ畏れ入ります。どうぞお上がりください」

夏江は、新吾と宇平を家の中に招いた。

差し出された茶は、仄かな香りを漂わせた。

「どうぞ……」

「いただきます」

新吾は茶を啜った。

「こりゃあ美味い。養生所の茶とは比べ物になりませんねえ」

宇平は、眼を細めて感心した。

「それで、迎えに来たのはどんな侍だったのですか」

「それが、羽織袴姿でございまして。おそらく、お旗本かどちらかの御家中の方々ではないかと思います」

「旗本か大名の家来。で、何人でした」

「訪れたのは一人でしたが、後二人、外にいました」

夏江は、侍たちをしっかりと見ていた。

「じゃあ三人の侍が、俊道さんを迎えに来たのですね」

「はい」

夏江は頷いた。

「それで俊道さん、大人しく一緒に行ったのですか」

「はい、しばらく話をしていましたが、薬籠《やくろう》を持って……。ひょっとしたら大人しく来なければ、私や祥太郎《しょうたろう》に危害を加えると脅されたのかもしれません」

夏江は、悔しげに眉をひそめた。

夏江の読みは正しいのかも知れない。

新吾は、大木俊道と夏江の夫婦が小旗本の倅と娘だったのを思い出した。そして、俊道が薬籠を持っていったとなると、その行き先には怪我人がいるのだ。

怪我人は何者なのか……。

新吾は思いを巡らせた。

「それで、俊道さんと迎えの侍たちは、どっちに行ったか分かりますか」

「いいえ。表に出るなと云われまして。でも、きっと本郷通りから下谷の方に行ったと思います」

「下谷ですか……」

「はい。大木が出掛ける時、下谷の方をちらりと見て、それから私に頷いて行きました。ですからきっと……」

夏江の睨みは、おそらく正しい……。

新吾は、下谷一帯の武家屋敷に外科医を必要とする怪我人がいないか調べる事にした。

「分かりました。これから下谷に行ってみます」

「神代さま、よろしくお願いします」

夏江は、新吾に深々と頭を下げた。

「はい。御新造、何でしたら養生所に行っていたら如何ですか」

「いいえ。大木が帰って来た時、私と祥太郎がいなければ、心配を掛けるだけですので」

夏江は気丈に告げた。

「そうですか。じゃあ、宇平を残していきます。宇平、頼むぞ」

「へい。お任せを……」

「ありがとうございます」

新吾は、宇平を大木俊道の家に残して下谷に向かった。

北町奉行所の同心詰所は閑散としていた。

半兵衛は、三味線堀界隈に江戸上屋敷のある大名や大身旗本を書き出し、大名や旗本の武鑑《ぶかん》と照らし合わせた。

十五歳以上で二十五歳以下……。

半兵衛は、辻斬りの歳をそう睨み、該当する若さまのいる家を割り出した。該当する家は五家あり、内訳は大名が二家で、大身旗本が三家だった。

先ずはそこからだ……。

半兵衛は三味線堀に急いだ。

二

俊道の家を後にした新吾は、加賀国金沢藩の江戸上屋敷傍を東に進み、湯島天神裏の切通しを抜けて下谷に入った。

神田川から不忍池《しのばずのいけ》や上野寛永寺に行く明神下の通り、御成街道《おなりかいどう》沿いにも大名や旗本の屋敷がある。新吾は、自身番や木戸番に立ち寄り、一帯の大名旗本屋敷に怪我人の噂がないかを尋ねた。だが、噂になるほどの怪我人を出した大名旗本屋敷はなかった。

御成街道からは、小旗本や御家人の屋敷が連なる下谷《したや》練塀小路《ねりべいこうじ》、御徒町通《おかちまちどお》りとなり、大名屋敷などがある三味線堀に続く向柳原の通りとなる。

新吾は、神田川に架かる和泉橋の傍の神田佐久間町の自身番を訪れた。

自身番は家主が二人と店番が二人、そして番人一人の五人番とされている。だが、狭い為に三人番に略している処もあった。

「怪我人のいる大名旗本家にございますか」

家主は戸惑いを浮かべた。

「うん。そんな噂、何か聞いちゃあいないかな」

新吾は茶を啜った。

「はあ……」

「家主さん、昨夜の辻斬り、関わりがないんですかね」

茶を出してくれた店番が眉をひそめた。

「うん……」

「昨夜も辻斬りがあったのか」

新吾は眉をひそめた。

「はい。新シ橋の向こうの柳原通りに出ましてね。なんでも北の御番所の白縫半兵衛さまの仕掛けた罠に辻斬りが引っ掛かったんですが、他にも仲間がいたそうでしてね。柳橋の弥平次親分たちも追ったのですが、逃げられたそうですよ」

「半兵衛さんたちが……」

「ご存じなんですか、白縫さま……」

「うん。組屋敷も隣で昵懇《じっこん》の仲だ」

新吾は頷いた。

「でしたら神代さま、白縫の旦那の御用を務めている鶴次郎って方、ご存じですか」

店番が眉をひそめた。

「鶴次郎さんがどうかしたのか」

新吾に不安が湧いた。

「辻斬りの仲間に斬られて深手を負い、弥平次親分の笹舟にいるそうですよ」

「鶴次郎さんが斬られた……」

新吾は驚いた。

大川には様々な船が行き交っていた。

船宿『笹舟』の暖簾は風に揺れていた。

「御免……」

新吾は、船宿『笹舟』の土間に入った。

「はい……」

女将のおまきが奥から出て来た。おまきは、船宿『笹舟』の先代主の娘であり、弥平次の女房でもあった。

「私は北町奉行所養生所見廻り同心の神代新吾と申す者だが、鶴次郎さんが怪我をしてここにいると聞いて来たんだが……」

「それはそれは、どうぞお上がり下さい」

おまきは、新吾を奥の部屋に案内した。

「こりゃあ新吾さん……」

鶴次郎は新吾を見て驚き、慌てて蒲団の上に半身を起こした。

「大丈夫ですか、鶴次郎さん……」

新吾は、心配げに眉をひそめた。

役者崩れの鶴次郎は、緋牡丹の絵柄の半纏を着て半兵衛の手先を務めており、新吾とも一緒に探索をした事があった。

「はい。下手《へた》を踏んで、半兵衛の旦那や弥平次の親分に迷惑を掛けちまいました」

鶴次郎の左腕と肩に掛けての白い包帯は痛々しかった。

「酷い目に遭いましたね」

「なあに、相手を甘く見たあっしが間抜けだったんですよ」

鶴次郎は、浮かぶ苦笑を痛みに歪めた。

「そうですか……」

新吾は小さく笑った。

「で、鶴次郎さん、辻斬りはどうしました」

「そいつが、半兵衛の旦那が囮になって誘《おび》き出しましてね。半兵衛の旦那が抜き打ちに斬ったんですが、家来のような奴らが五人もいましてね。斬られた辻斬りを追い掛けようとしてこのざまですよ。それで、弥平次の親分たちが駆け付けてくれましてね。どうにか助かりましたよ」

鶴次郎は、己の運の良さを喜んでいた。

「鶴次郎さん、その辻斬りには、家来がいたのですか……」

「ええ。五人ほど……」

「で、そいつらどっちに逃げました」

「新シ橋を渡り、向柳原の通りを三味線堀の方に……」

「三味線堀か……」

新吾は眉をひそめた。

俊道の家のある本郷菊坂町から三味線堀までは、道筋も分かり易くて遠くはない。

「三味線堀がどうかしましたかい……」

鶴次郎は戸惑った。

「うん。実はね……」

新吾は、外科医の大木俊道の一件を教えた。

「新吾さん、そいつは……」

鶴次郎は、その顔に緊張を浮かべた。鶴次郎の緊張は、俊道が辻斬り一味に連れ去られたと睨んだ証だった。

「うん。それで半兵衛さんは今……」

「半次や弥平次の親分と三味線堀界隈を調べています」

「よし。俺も三味線堀に行ってみます」

「はい。お気をつけて……」

新吾は、鶴次郎のいる部屋を出て足早に店土間に向かった。

「お帰りですか」

女将のおまきが、帳場から出て来た。

「ええ。半兵衛さんや弥平次親分を探します。じゃあ……」

新吾は、慌ただしく『笹舟』を駆け出して行った。


三味線堀の武家地は町家や神社仏閣に囲まれ、大川に流れ込む堀割もあって駿河台などよりも探索はし易かった。

半兵衛は半次や弥平次たちと、割り出した大名二家と旗本三家の若さまの様子と医者の出入りを探った。そして、大名一家と旗本一家の若さまの無事を確かめた。

残る大名一家と旗本二家の若さまの様子は、中々摑む事が出来なかった。三家に医者の出入りはなく、界隈の医者に変わった事もないのだ。

「旦那、ひょっとしたら辻斬りの野郎、もうくたばったんじゃあないですかね」

半次は、微かな苛立ちを見せた。

「だったら、弔いぐらいはするだろう」

弥平次は眉をひそめた。

「うん。急な病で死んだとでも装ってね」

半兵衛は頷いた。

「そうか……」

半次は、悔しげに呟いた。


溝口藩江戸下屋敷は長屋門を閉じて息を潜めていた。

右京之亮は、か細い息を辛うじて繋いでいた。

大木俊道は、お抱え医者の宗方順庵と岩城蔵人の見守る中で右京之亮の診察をしていた。

「如何かな……」

順庵は、心配げに右京之亮を覗き込んだ。

「うむ……」

「助かるのか」

岩城は焦りを滲ませていた。

「何分にも手遅れでの手術。そいつはまだ何とも云えぬ」

俊道は厳しく告げた。

昨夜、俊道が来た時、右京之亮は昏睡状態のまま死に近づいていた。

岩城は、右京之亮の治療をしなければ殺すと脅した。

俊道は苦笑した。そして、右京之亮の傷付いた臓腑と斬られた傷口を焼酎で洗い、慎重に縫い合わせた。

「これで助かるのだな」

岩城は迫った。

「手遅れだったんだ。そいつは分からん。だが、斬った者はかなりの手練。お蔭で傷口が綺麗だった。不幸中の幸いだと、斬った手練に礼を云うんだな」

俊道は、痛烈な皮肉を云い放った。

「黙れ」

岩城は脇差を握った。

「ならぬ……」

順庵は、慌てて岩城の脇差を握る手を押さえた。

「斬ってはならぬ。斬ったら、右京之亮さまを助ける者がいなくなる」

順庵は、岩城を懸命に説得した。

岩城は、悔しげに脇差から手を放した。

俊道は、己の置かれている立場を冷静に読んだ。

右京之亮が小康状態を保っている限り、殺される恐れはない……。

俊道はそう読み、腹を据えて右京之亮の治療を続けて一夜が明けた。

夏江は異変に気付き、すでに養生所に報せたはずだ。そして、良哲と町奉行所の養生所見廻り与力や同心たちが動き始めている……。

俊道はそう願った。

「順庵さん、晒し布だ。晒し布と焼酎をとにかく用意するんだ」

俊道は順庵に命じた。

肥前国平戸藩松浦家の江戸上屋敷は門を開き、家来や来客が出入りしていた。

屋敷の様子に翳りは何も感じられない……。

もし、若さまが辻斬りであり、大怪我をしているとしたら屋敷に翳りがないわけはない。

半兵衛と弥平次は、平戸藩松浦家の若さまが辻斬りに関わりないと睨んだ。

半兵衛が割り出した大名家は、二家とも違った。残るは、半次と幸吉たちが探っている大身旗本家だ。

半兵衛と弥平次は、半次たちの報せを待った。

「半兵衛さん……」

新吾が駆け寄って来た。

「やあ、新吾じゃあないか」

半兵衛は迎えた。

「こりゃあ神代さま……」

弥平次は、新吾に丁寧に挨拶をした。

「やあ、弥平次の親分……」

新吾は息を荒く鳴らした。

「どうした」

半兵衛は、新吾に怪訝な眼差しを向けた。

「実は、養生所の外科の先生が昨夜遅くに行方知れずになりましてね」

「なに……」

半兵衛は驚いた。

「そうか、養生所のお医者さまか……」

弥平次は気が付いた。

「新吾、詳しく話してくれ」

半兵衛は頼んだ。


三味線堀から続く堀割は、武家地から元鳥越町を抜けて蔵前通りを横切り、浅草御蔵脇から大川に流れ込んでいる。

元鳥越町を抜ける堀割に甚内橋《じんないばし》が架かっており、その袂に古く小さな茶店があった。

半兵衛は、新吾と弥平次と共に茶店の奥の部屋に入った。

茶店の老婆は、茶を置いて奥の部屋から出て行った。

新吾は、茶を飲みながら大木俊道が行方知れずになった経緯を話した。

「半兵衛の旦那……」

弥平次は身を乗り出した。そこには、大木俊道が辻斬りの傷を治療している医者だという確信が含まれていた。

「うん。それで新吾、俊道先生の腕は……」

「そりゃあ長崎仕込の蘭方医。見事なものですよ」

新吾は頷いた。

「そりゃあ良かった」

半兵衛は、安心したように笑った。

「どういう事です、半兵衛さん……」

新吾は戸惑った。

「辻斬りが生きている限り、医者の俊道先生は必要な人だ。だが、辻斬りが死ぬと、最早医者は無用の者となる」

半兵衛は、その顔に厳しさを過ぎらせた。

「そりゃあそうですね……」

新吾は、喉を鳴らして頷いた。

「とにかく辻斬りが死なぬのを願い、探索を急ぐしかあるまい」

「はい……」

弥平次は厳しい面持ちで頷いた。

「それで半兵衛さん。辻斬りの奴が何処の誰かは……」

「それが、大名か大身旗本の若さまってところまでは分かったんだがね」

半兵衛は僅かに顔を歪めた。

「神代さま、病人がいるとどんなところが普通と違って来ますかね」

弥平次は眉をひそめた。

「そうですね。養生所でいえば、いつも薬湯の匂いが漂っていて、庭には包帯なんかに使う晒し布が、いつも干してありますが……」

新吾は思い出すように告げた。

「薬湯の匂いに晒しですか……」

弥平次は思いを巡らせた。

「そうか……」

半兵衛は、僅かに声を弾ませた。

「旦那、どうかしましたか」

「うん。新吾、辻斬りの傷は、私が抜き打ちに脇腹を斬ったものでね。かなりの深手だと思う。そうなると、幾らあっても足りないものが晒し布だ」

「晒し布……」

「そうか。でしたら、晒し布を沢山買った屋敷ですね」

弥平次は、半兵衛の狙いに気付いた。

「うん。手分けして三味線堀界隈の大名・大身旗本の屋敷に出入りしている太物屋を探そう」

絹織物は呉服といい、綿織物や麻織物は太物と称されていた。

「じゃあ、あっしは半次や幸吉たちにそいつを報せます」

弥平次は、半兵衛と新吾を残して茶店を後にした。

半兵衛と新吾は、三味線堀界隈の武家屋敷に出入りしている太物屋を探し始めた。


晒し布を多量に買った武家屋敷……。

半次、幸吉、雲海坊、由松は、弥平次の指示の許に外神田、浅草、下谷の太物屋を虱潰しに当たった。

浅草広小路は、金龍山浅草寺への参拝者と遊びに来た者で賑わっていた。

半次と由松は、五軒目に浅草広小路にある太物屋『菱屋』を訪れた。

「晒し布を沢山お買いになったお武家さまですか……」

半次と由松は、帳場の端で番頭に尋ねた。

「ええ。お出入りを許されているお屋敷でなければ、店に買いに来た人でもいいんですがね」

半次は食い下がった。

「そうですねえ。今のところ、お出入りを許されているお屋敷に、そのようなところはございませんが……」

番頭は首を捻った。

「店に来て買ったって人もいませんか」

由松は念を押した。

「ええ。今のところは……」

番頭は、申し訳なさそうに告げた。

「由松……」

半次は、次の太物屋に行こうと由松を促した。

「はい」

「お邪魔しました、番頭さん。もし、これから晒し布を沢山買う客がいたら、申し訳ないが自身番に報せちゃあくれませんか」

半次は頼んだ。

「はい。お安い御用です」

番頭は引き受けた。

「じゃあ、よろしくお願いします」

半次と由松は、客が買物をしている店を抜けて表に出ようとした。その時、武士が下男を従えて入って来た。

「いらっしゃいませ」

手代は武士と下男を迎えた。

「晒し布はあるか」

武士は手代に告げた。

半次と由松の足が止まった。

「は、はい。晒しならございますが……」

「あるなら、あるだけくれ」

「えっ……」

手代は驚いた。

「どうした」

武士は、威丈高に眉をひそめた。

「は、はい。では、こちらに……」

手代は、武士と下男を帳場の端に案内した。

「親分……」

由松は、嬉しげな笑みを浮かべた。

「ああ……」

半次は頷いた。

武士と下男は、探している武家屋敷の者なのかも知れない。

「よし。表で待とう」

「はい」

半次と由松は、太物屋『菱屋』の外に出て斜向かいの路地に潜んだ。

僅かな時が過ぎ、武士が荷物を背負った下男を従えて『菱屋』から出て来た。

下男の背負っている荷物の中身は晒し布なのだ。

番頭と手代が、店の外に出て来て見送った。

武士と荷物を背負った下男は、浅草広小路の賑わいを西に向かった。

「先に行きますぜ」

由松が、人込みを巧みにすり抜けて武士と荷物を背負った下男を追った。

半次は、見送っていた『菱屋』の番頭に駆け寄った。

「番頭さん……」

「ああ、親分さん。たった今、晒し布をあるだけ買ったお侍さまが……」

「見届けました。で、何処の侍かは……」

「それが、お聞きしたのですが……」

番頭は、残念そうに首を横に振った。

「云いませんでしたかい」

「ええ……」

「そうですか、お手数を掛けました。じゃあ、ご免なすって……」

半次は、浅草広小路を西に急いだ。

浅草広小路が終わり、田原町三丁目の通りに由松の後ろ姿が見えた。半次は由松に並んだ。

「何処の侍か云わなかったそうだ」

半次は由松に囁いた。

「そうですか……」

武士と荷物を背負った下男は、東本願寺裏門前を南に曲がった。

半次と由松は追った。

ようやく摑んだ手掛かりかも知れない……。

半次と由松は、慎重に尾行を続けた。

三

東本願寺の西側には新堀川《しんぼりかわ》が流れている。

新堀川は三味線堀からの流れと、下谷竜泉寺の田圃からの流れがあり、元鳥越で合流して浅草御蔵脇から大川に続いている。

武士と荷物を担いだ下男は、東本願寺西の新堀川に架かる小橋を渡り、阿部川町から武家屋敷街に入った。

「親分……」

由松は、緊張に声を引き攣らせた。

「うん。三味線堀だ……」

半次は頷いた。

武士と荷物を担いだ下男は、辻斬りのいる屋敷に向かっている……。

半次と由松は確信した。

武士と荷物を担いだ下男は、武家屋敷街を三味線堀に近づいた。そして、表門を閉ざした武家屋敷に入った。

半次と由松は見届けた。

由松は、通り掛かった棒手振《ぼてふ》りの魚屋を追った。そして、小銭を握らせて何事かを尋ねて来た。

「相模国溝口藩の江戸下屋敷だそうですぜ」

由松は、要領の良いところをみせた。

「溝口藩……」

「ええ……」

「よし。俺が見張る。由松は、半兵衛の旦那と弥平次の親分に報せてくれ」

「合点です」

由松は、半次を残して身を翻した。

半次は三味線堀の岸辺に潜み、溝口藩江戸下屋敷の閉ざされている表門を見つめた。

溝口藩江戸下屋敷は静けさに包まれていた。

大木俊道は、宗方順庵に手伝わせて右京之亮の傷口に巻いた晒し布を替えた。

右京之亮の血はすでに止まっていたが、高い熱が続いて昏睡状態に陥ったままだった。

「如何かな……」

「傷口は綺麗になって来ているが、高い熱が下がらない限り、何とも云えぬ」

俊道は、厳しい面持ちで傷口を焼酎で洗い、汚れた晒し布を新しい物に替えた。

岩城蔵人は、苛立たしげに俊道の作業を見守っていた。

俊道は、右京之亮の治療を続けた。

手術は確かに上手く行った。だが、遅かったのは否《いな》めない。

手遅れ……。

俊道は、右京之亮を初めて見た時、そう直感した。だが、右京之亮の死は、俊道自身の死に直結する。

余計な事を見聞きした俊道の口を封じるには、殺すのが上策なのだ。

俊道は、右京之亮をとりあえず生かし、己の生き延びる手立てを探すしかなかった。

魚が跳ねたのか、三味線堀の水面に波紋が広がった。

半次は、三味線堀の岸辺に佇んで溝口藩江戸下屋敷を見張った。だが、武家屋敷街での見張りは、潜む場所も少なく辻番所に見咎められる恐れもあって難しいものだった。

武士と荷物を担いだ下男が入ったきり、溝口藩江戸下屋敷に出入りする者はいなかった。

半次は見張った。

屋根船が新堀川から三味線堀に入って来て船着場に船縁を寄せた。

半次は、素早く物陰に身を隠した。

屋根船の船頭が、半次を小声で呼んだ。船頭は、船宿『笹舟』の勇次だった。

「半次の親分……」

「おう、勇次か……」

半次は物陰から現れた。

「中に半兵衛の旦那とうちの親分、それに神代新吾さまが……」

勇次は、屋根船の障子の内を示した。

「そうか……」

半次は、屋根船の障子の内に囁いた。

「旦那、親分。半次です……」

「おう。入りな」

弥平次が障子の内から応じた。

「御免なすって……」

半次は障子の内に入った。

「御苦労だったね、半次」

半兵衛は、半次を迎えて労った。

新吾が横手の障子を僅かに開け、溝口藩江戸下屋敷を窺っていた。

弥平次は、三味線堀の傍の武家屋敷と聞き、張り込み場所に苦労すると睨んで勇次に屋根船を出させた。そして、三味線堀に屋根船を繋いで見張り場所にする事を決めた。

「いいえ。いただきます」

半次は、弥平次が淹れてくれた茶を飲んだ。

「それで、何か分かったかい」

半兵衛は尋ねた。

「はい。溝口藩江戸下屋敷には、部屋住みの若さまが暮らしているそうです」

「溝口藩岩田家の部屋住みとなると、二十歳になる次男の右京之亮か……」

半兵衛は、大名武鑑に書かれている相模国溝口藩岩田家の系図を思い出した。

「じゃあ旦那、その右京之亮が辻斬りなのですかい」

半次は身を乗り出した。

「間違いないだろう」

半兵衛は頷いた。

「ようやく突き止めましたね」

弥平次は、小さな吐息を洩らした。

「うん。お蔭さまでな」

半兵衛は笑みを浮かべた。

「それで半次、右京之亮の様子は分かるか」

「そいつが、誰の出入りもなく、静かなものでして……」

半次は眉をひそめた。

「半次の親分、医者の出入りもないのかな……」

新吾は、溝口藩江戸下屋敷を見つめたまま半次に尋ねた。

「ええ。誰も……」

半次は悔しげに頷いた。

「そうか……」

新吾は、養生所外科医大木俊道が無事でいる証を何とか摑みたかった。

「よし。新吾、私と一緒にひと廻りしてみよう」

半兵衛は、町方同心の証である巻羽織を脱いで着流しになり、只の御家人を装った。

武家地に町奉行所の支配は及ばず、同心などが下手に動き廻ると逆捩じを食らわされる恐れがある。半兵衛は、それを懸念して黒い巻羽織を脱いだ。

新吾は半兵衛に習い、羽織を脱いで屋根船を降りた。

半兵衛と新吾は屋根船を降り、溝口藩江戸下屋敷の表門前に向かった。

屋敷は静けさに包まれ、人の気配は余り感じられなかった。

屋敷の中では、辻斬りの右京之亮が生死の境を彷徨い、外科医の大木俊道が傷の治療をしているはずなのだ。

半兵衛と新吾は、屋敷内の様子を何とか摑もうとした。

「新吾……」

半兵衛は囁いた。

新吾は、半兵衛を窺った。

半兵衛は、閉められている表門脇の潜り戸を示した。新吾は、何気なく潜り戸を一瞥した。潜り戸の傍の格子窓に表を見張る者の眼が見えた。

外を見張り、警戒している……。

半兵衛と新吾は、表門の前を通り過ぎた。

「見張りは、おそらく表門だけじゃありませんね」

新吾は囁いた。

「うん。屋敷のあっちこっちから表を見張っている。おそらく鶴次郎を斬った者の指図だろう」

「鶴次郎さんを斬った奴ですか」

新吾は眉をひそめた。

「おそらく右京之亮の守役だろうが、かなりの使い手だよ」

半兵衛は、厳しさを過ぎらせた。

二人は、屋敷の正面から横手の道に入った。行く手に溝口藩江戸下屋敷の裏門があった。

半兵衛と新吾は、塀の内側の様子を窺いながら進んだ。

裏門から侍が出て来た。

新吾は緊張し、素早く背後を窺った。

背後に二人の武士が現れた。

囲まれた……。

「半兵衛さん……」

新吾は声を嗄らした。

「行くよ」

半兵衛は笑みを浮かべ、歩調を変えずに進んだ。

「何処へ行く」

佐竹伝七郎は、半兵衛と新吾を厳しい眼差しで見据えた。

半兵衛は、立ち止って佐竹を見返した。

「ここは天下の往来、何処に行こうが私たちの勝手だよ」

半兵衛は苦笑した。

「なに……」

佐竹は怒りを浮かべた。

「何者かも知れぬ者に見咎められる覚えはありませんな」

半兵衛は、佐竹に蔑みの一瞥を与えた。

「拙者は溝口藩家臣佐竹伝七郎だ」

佐竹は苛立った。

「ほう、溝口藩の佐竹伝七郎さんか……」

半兵衛は笑った。

「おぬしたちは……」

佐竹は詰め寄った。

「御家人白縫半兵衛……」

半兵衛は名乗った。

「同じく神代新吾」

新吾が続いた。

「この先にある大目付金子《かねこ》嘉十郎《かじゅうろう》さまの屋敷に行く途中ですよ」

半兵衛は、大名家を監察する大目付の名を出した。

「大目付の金子さま……」

佐竹は顔色を変えた。

御家人どもから溝口藩岩田家の名が大目付の耳に入るのは拙《まず》い……。

佐竹は、そこから岩田家が眼をつけられて、右京之亮の辻斬りが発覚するのを恐れた。

「ならば、早々に参られるがいい」

佐竹は焦りを滲ませた。

「左様か。ではな……」

半兵衛は、新吾を促して歩き出した。新吾が続き、背後を窺った。

背後に現れた二人の武士が、佐竹に駆け寄って言葉を交わしていた。

半兵衛と新吾は、溝口藩江戸下屋敷の裏手に出た。

「さあて、どっちに行きます」

「このまま金子さまの屋敷に向かうよ」

「本当にあるんですか、金子さまの屋敷……」

「うん……」

新吾は戸惑った。

「では、金子さまと知り合いなんですか」

「いや。そこまではね……」

半兵衛は苦笑した。

「それより新吾、後ろから二人付いて来るよ」

新吾は驚き、背後を窺った。

佐竹に駆け寄った二人の武士が尾行して来ていた。

「おのれ、どうします」

新吾は眉をひそめた。

「そうだね。二手に別れて奴らをばらばらに引き離す。そして、新吾は追って来た奴を撒いて、弥平次と一緒に屋根船を甚内橋の船着場に持って来る。出来るか」

「そりゃあもう。で、半兵衛さんは……」

「追って来た奴を捕まえて、甚内橋で待っているよ」

半兵衛は笑った。

「いいんですか、相手は大名の家来ですよ」

「だが、罪のない者たちを情け容赦なく殺した辻斬りの家来だ」

半兵衛は、厳しく云い放った。

「面白い、やりましょう」

新吾は楽しげに笑った。

「よし。じゃあ、四半刻後に甚内橋でな」

三叉路に出た半兵衛は新堀川に向かい、新吾は反対側の三筋町《みすじちよう》の通りを浅草の寺町に進んだ。

尾行して来た二人の武士は、二手に別れて半兵衛と新吾を追った。

目論見通りだ……。

新吾は苦笑した。


浅草の寺町には、寺ごとに小さな門前町があった。

新吾は、小さな門前町にある茶店に入った。そして、主の老爺に小粒を握らせ、そのまま土間を進んで裏口を出た。

茶店の裏口を出た新吾は、迂回して茶店の表の見える処に廻った。後を尾行て来た武士の姿が、茶店の表の物陰に見えた。

撒いた……。

新吾は、余りの容易さに拍子抜けをしながら三味線堀に急いだ。

新堀川は鈍い輝きを放っていた。

半兵衛は甚内橋の袂に佇み、尾行して来た武士の様子を窺った。

尾行して来た武士は、町家の物陰に潜んで半兵衛を見張っていた。

半兵衛は、三味線堀からの流れを眺めた。

三味線堀からの流れに屋根船が現れた。

来た……。

半兵衛は、甚内橋の袂から離れ、町家の並びの裏路地に入った。

見張っていた武士は、素早く半兵衛を裏路地に追った。

刹那、武士の眼の前に半兵衛が現れた。

しまった……。

武士は悔やんだ。だが、悔やみは鳩尾に与えられた鋭い痛みに消され、眼の前が真っ暗に覆われていくのを感じた。

半兵衛は、気を失って崩れる武士を肩で受けて担ぎ、甚内橋に走った。

新堀川を来た勇次の操る屋根船は、甚内橋の船着場に船縁を寄せた。

半兵衛は、気を失った武士を担いで船着場に降りた。屋根船の障子の内から新吾が現れ、勇次と一緒に半兵衛から気を失った武士を受け取った。そして、障子の内に連れ込んだ。

「勇次、船を静かな処に頼むよ」

「合点です」

勇次は、障子の内から出て来て屋根船を大川に向かって漕ぎ進めた。

町奉行所の同心が取調べを行う時は、普通〝調べ番屋〟と称される大番屋で行う。だが、大名家の家臣や旗本・御家人は、目付や大目付の支配下にあり、町奉行所同心は手出しが出来ない。半兵衛は、捕らえた武士を密かに調べる事にした。

勇次の操る屋根船は、新堀川を進んで鳥越橋を潜った。

半兵衛は、屋根船の障子の内に入った。

新吾は、気を失っている武士に手際よく早縄を打った。

「半次は、溝口藩江戸下屋敷の見張りに残りましたよ」

弥平次は半兵衛に報せた。

「分かった」

半兵衛は微笑んだ。

勇次の漕ぐ屋根船は、浅草御蔵の脇から大川に出た。そして、様々な船の行き交う大川を遡り始めた。


武士が一人、溝口藩江戸下屋敷に駆け込んで行った。

新吾を尾行し、茶店で撒かれた武士だった。

溝口藩江戸下屋敷に何らかの動きが出て来る……。

半次は見張りを続けた。


大川は浅草吾妻橋から隅田川となり、荒川との間の向島の田畑には様々な川の流れがある。綾瀬川もそうした流れの一つだ。

勇次は、屋根船を綾瀬川に乗り入れ、両岸が田畑の人気のない茂みに繋いだ。

半兵衛と新吾は、捕まえた溝口藩の武士に目隠しをして活を入れた。

武士は呻き、意識を取り戻した。だが、早縄を打たれ、目隠しをされている自分に驚き、恐怖に突き上げられた。

「名を教えて貰おう……」

半兵衛は、嘲りを含ませて囁いた。

「名……」

「素直に教えなければ、このまま隅田川に沈んで貰う」

半兵衛は楽しげに笑った。

目隠しをされて闇の世界に置かれた武士には、半兵衛の楽しげな笑い声も不気味なものでしかなかった。

「北本弘之助《きたもとひろのすけ》だ……」

武士は恐怖に震え、己の名を教えた。

「北本、三味線堀の下屋敷にいる右京之亮が辻斬りなんだな」

半兵衛は問い質した。

「し、知らぬ……」

北本は、声を震わせて抗った。

「知らぬ……」

半兵衛は聞き直した。

「ああ。拙者は何も知らぬ……」

「そうか、知らぬのなら用はない。役立たずは土左衛門って名に変わるしかあるまい」

半兵衛と新吾は、北本を引きずりあげた。

「やめろ、やめてくれ」

北本は、縛られた身体を必死に縮めて悲鳴のように叫んだ。

「辻斬りは右京之亮だな」

「そうだ。右京之亮さまが辻斬りだ」

北本はがっくりと項垂《うなだ》れた。

「で、右京之亮、まだ生きているのだな」

「ああ……」

北本は震えながら頷いた。

「よし……」

半兵衛は新吾を促した。

新吾は頷いた。

「治療をしている医者は誰だ」

新吾は、半兵衛に代わって尋ねた。

「養生所の外科医だ」

睨み通り、大木俊道は右京之亮の治療の為に溝口藩江戸下屋敷に連れ込まれていた。

「無事でいるんだろうな」

新吾は厳しく問い質した。

「ああ……」

北本は、項垂れたまま頷いた。

新吾は、思わず安堵の吐息を洩らした。

「どうやら、何もかも睨み通りですね」

弥平次は微笑んだ。

「うん。北本、右京之亮が辻斬りを働いている事を、お父上の岩田伊豆守さまは知っているのか」

半兵衛は北本に訊いた。

「いいや、知らない。殿は何もご存じない」

北本の言葉に力はなかった。

「知れば、お前さんたちも只じゃあすまないな……」

半兵衛は苦笑した。

「北本、右京之亮のいる部屋は何処か、詳しく教えるんだ」

新吾は厳しく命じた。

四

溝口藩江戸下屋敷に動きはなかった。

半次は見張りを続けた。

托鉢坊主の雲海坊が、経を読みながら現れた。

雲海坊が来たのなら、幸吉と呼びに行った由松も来ているはずだ。

雲海坊は、経を読みながら半次に近づいた。

「裏門に幸吉っつぁんと由松が来ています」

雲海坊は、経の合間に囁いた。

由松は、晒し布を大量に買った武士が溝口藩の家臣と知り、半兵衛と弥平次に報せた。そして、弥平次に命じられ、下谷を調べていた幸吉と雲海坊の許に走った。

「屋敷の中から外を見張っている。くれぐれも気を付けるんだ」

半次は囁いた。

「承知……」

雲海坊は頷き、経を読みながら溝口藩江戸下屋敷の裏手に廻って行った。
溝口藩江戸下屋敷の監視態勢は整った。

夕陽は座敷の障子を赤く染めた。
右京之亮の昏睡状態は続いた。
おそらく、右京之亮は昏睡状態のまま息絶える……。
大木俊道はそう診立てていた。
右京之亮が死ぬ時、俊道自身も死を迎える事になる。
俊道は、手遅れの状態で今まで持ち堪《こた》えた右京之亮に驚き、密かに感謝した。
夏江、祥太郎……。
俊道は、妻と幼い我が子の顔を思いだした。
死んではならぬ……。
不意にそうした思いが俊道を突き上げた。
夏江と祥太郎を残して死んではならぬ……。
俊道は己に云い聞かせた。そして、情況を打ち破る手立てに思いを馳せた。
守役の岩城蔵人は、近習の佐竹伝七郎に呼ばれて座敷を出て行ったままだ。

お抱え医師の宗方順庵は、昨夜からの疲れに、座ったまま船を漕いでいた。

逃げるのは今なのかも知れない。だが、座敷から出られたとしても、屋敷から逃げられるとは限らない。

俊道は思いを巡らせた。

船を漕いでいた順庵が眼を覚まし、慌てて居住まいを正した。

「俊道どの、容態は如何かな」

順庵は、取り繕うように右京之亮の蒼白な顔を覗き込んだ。

「変わらずだ」

「そうか……」

順庵は落胆した。

俊道は気付いた。

順庵にしたところで右京之亮が死ねば、お抱え医師として無事には済まないのだ。

「順庵さん……」

俊道は順庵を呼んだ。

「何か……」

「患者が助かっても死んでも、私は殺されるんだろうね」

俊道は哀しげに訊いた。

「さあ……」

順庵は言葉を濁した。

「ま、患者が助からない限りは、順庵さんも殺されるんだろうがね」

俊道は淋しげに笑った。

「私も……」

順庵は、不意打ちを喰らったように驚いた。

「うむ。若さまを助けられなかったお抱え医師など、殿さまは決して許しはしないだろう」

順庵は、己の置かれた立場に気付き、息を飲んで顔色を変えた。

俊道は、順庵の激しい動揺を見抜いた。

「役立たずには用はない……」

俊道は、順庵の不安を煽った。順庵は、微かに震えた。

「まあ、死ぬ時は一緒ですな……」

俊道は、己を嘲るような笑みを浮かべた。

「俊道どの……」

「なんです」

「右京之亮さま、まこと助からないのか……」

順庵は焦りを滲ませた。

「手遅れだと云ったはずだ。今まで持っているのが不思議なぐらいだ」

俊道は淡々と告げた。

「手遅れか……」

順庵は落胆した。

「左様、所詮は手遅れだった」

俊道は、昏睡状態の続く右京之亮の顔を見つめた。右京之亮の蒼白な顔には、すでに死相が漂っていた。

逃げるのなら早い方が良い……。

俊道は焦りを感じた。

「順庵どの……」

「は、はい……」

順庵は、声を微かに震わせた。

「患者は間もなく息を引き取ります。逃げるのなら今の内だ」

俊道は、順庵の不安を煽った。


溝口藩江戸下屋敷は夕暮れに包まれた。

半兵衛、新吾、弥平次を乗せた勇次の漕ぐ屋根船が、三味線堀に戻って来た。

半兵衛は、北本弘之助を向島に置き去りにして来た。北本が己で縄を解き、目隠しを外して下屋敷に戻るかそのまま逐電するかは、本人の決める事だ。

勇次は、屋根船を三味線堀の船着場に寄せた。

半次は、屋根船に乗り込んだ。

「どうだい」

「はい。新吾さんが撒いた家来が戻って来ただけで変わりはありません。それから、幸吉たちが来てくれて裏手を見張っています」

「そうか……」

半兵衛は頷いた。

「で、そっちは……」

「うん。何もかも睨み通りだ」

半兵衛は、北本弘之助が白状した事を半次に教えた。

「それでどうします」

半次は身を乗り出した。

「そいつなんだがね。相手は大名家だ。私たちが正面から行くわけにはいかない」

「はい……」

「辻斬りが右京之亮だとはっきりした今、肝心なのは、大木俊道先生を無事に助け出す事だ」

「はい……」

半次は頷いた。

「そこで、新吾が下屋敷に忍び込む」

「新吾さんが……」

半次は眉をひそめた。

「半次の親分、俺は俊道先生の御新造と幼い子を哀しませるわけにはいかないのです」

新吾は小さく笑った。

「分かりました。新吾さん、よろしければあっしもお供しますよ」

半次は身を乗り出した。

「半兵衛さん……」

新吾は、半兵衛を窺った。

「半次、辻斬りの一味を出し抜いて、斬られた鶴次郎の恨みを晴らすか……」

半兵衛は、半次の腹の内を読んだ。

「出来るものなら……」

半次は不敵に笑った。

「いいだろう。だけど、くれぐれも気を付けるんだよ」

「はい……」

新吾と半次は頷いた。

「じゃあ、私と弥平次親分が、四半刻後に表門に家来たちを引き付ける。その時、新吾と半次は屋敷に忍び込む……」

「勇次、この事を裏門にいる幸吉たちに報せてくれ」

弥平次は、勇次に命じた。

「合点です」

勇次は、下屋敷の裏手に走り去った。

「それにしても新吾さま、右京之亮がまだ生きているとしたら、俊道先生、かなり良い腕のお医者なんですねえ」

弥平次は感心した。

「ええ。俊道先生は、日本一の外科医ですよ」

新吾は明るく笑った。


北本弘之助は戻って来なかった。

岩城蔵人は焦りを覚えた。

北本たちは、二人の不審な御家人を追った。そして、別れた御家人たちをそれぞれ追った。その結果、一人は撒かれて戻り、もう一人の北本は帰って来ない。

何者かが動いている……。

岩城蔵人は、見えない敵がいるのに気付いた。

「佐竹……」

岩城は、右京之亮の近習の佐竹伝七郎を呼んだ。

「はっ……」

「屋敷の周りに不審なところはないか」

「はい。今は……」

佐竹たちは、半次や幸吉たちの監視に気付いていなかった。

「そうか……」

「岩城さま、右京之亮さまは……」

佐竹は眉をひそめた。

「まだ、気を取り戻してはいない」

岩城は、憮然とした面持ちで告げた。

「まだ……」

佐竹の顔は戸惑いに歪んだ。

「うむ……」

「岩城さま、右京之亮さま万一の時、我らは如何なるのでしょう」

「右京之亮さまの死が、辻斬りを働こうとしての事と知れれば只ではすまぬ」

岩城は苦笑した。

「では……」

佐竹は不安を過ぎらせた。

「佐竹、その方が右京之亮さまの近習になったのも、拙者が守役になったのも、今となっては身の不運だったのかも知れぬ」

「岩城さま……」

「佐竹、右京之亮さまが辻斬りを働き、逆に斬られた事実は、何があっても隠し通さなければならぬ」

岩城は厳しい面持ちで告げた。


四半刻が過ぎた。

新吾は、半次と共に下屋敷の西側に廻った。

弥平次は見届け、下屋敷の表に走って潜り戸を叩いた。

潜り戸の格子窓が開き、中間が顔を見せた。

「どちらさまにございましょうか」

「通り掛かりの者ですが、お屋敷の塀の傍に妙な侍がいますぜ」

弥平次は眉をひそめて見せた。

「何だと……」

潜り戸が開き、二人の家来が出て来た。

「こりゃあ……」

弥平次は、慌てて後退りした。

「妙な侍、何処にいる」

二人の家来は、厳しい面持ちで弥平次に詰め寄った。

「へ、へい。お屋敷の南側の塀の外に……」

「よし。みんなを呼べ」

二人の家来は、中間に命じて下屋敷の南側に走った。

「お出合い下さい」

中間は下屋敷の中に走った。

弥平次は見送り、薄笑いを浮かべた。


溝口藩江戸下屋敷の西側の塀の外に人の気配はなかった。

新吾と半次は、塀の外で忍び込む時を窺った。

塀の内側に男たちのざわめきが聞こえた。

「どうした」

「南側の塀の外に不審な侍がいるそうにございます」

「なに……」

男たちの足音が走り去って行った。

「半兵衛の旦那と弥平次親分、始めたようですぜ」

「うん。梯子だ……」

新吾と半次は塀に梯子を掛けた。


家来たちは、下屋敷の南側の塀のある路地に走った。

塗笠《ぬりがさ》を被って袴姿の半兵衛が、南側の塀の傍にいた。

「何者だ」

家来たちが怒声をあげた。

半兵衛は、塗笠で顔を隠して身構えた。


燭台に灯された蠟燭の炎が瞬いた。

右京之亮の昏睡状態は終わりに近づいていた。

間もなく死ぬ……。

俊道は、右京之亮の傍にいる岩城蔵人の出方が気になった。

廊下に慌ただしい足音がした。

「岩城さま」

廊下から佐竹伝七郎が岩城を呼んだ。

「どうした」

「お屋敷の外に不審な侍がいるそうにございます」

「なに……」

岩城は、眉をひそめて立ち上がり、足早に座敷を出て行った。

控えていた順庵は、不安げに去って行く岩城と佐竹を見送った。

その時、右京之亮は微かに息を鳴らし、昏睡状態のまま息を引き取った。

俊道は、右京之亮の脈を確かめ、心の臓に耳を当てた。

「俊道どの……」

順庵は、怯えを浮かべて見守った。

右京之亮の脈は止まり、心の臓の鼓動は消えていた。

死んだ……。

俊道は、右京之亮に手を合わせた。

「俊道どの……」

順庵は喉を引き攣らせ、声を嗄らした。

「順庵さん、右京之亮さまは息を引き取った。私はこれで帰らせて貰う」

「俊道どの……」

順庵はうろたえた。

俊道は、構わず障子を開けて濡縁《ぬれえん》から庭先に降りた。

庭は暗く静寂に包まれていた。

俊道は、植え込みに身を潜めて辺りの様子を窺った。

男の声が、南側の方から微かに聞こえたような気がした。

西だ……。

俊道は、反射的に西側に進んだ。


半兵衛は、家来たちに取り囲まれた。

「笠を取れ……」

家来たちは、刀の鯉口を切って半兵衛に迫った。

半兵衛は、腰を僅かに沈めて田宮流抜刀術の構えを取った。

家来たちは僅かに怯んだ。

岩城と佐竹が駆け付け、半兵衛と対峙した。

「何者だ……」

岩城は厳しく誰何《すいか》した。

半兵衛は沈黙を守り続けた。


俊道は、辺りを窺いながら植え込みの陰を進んだ。

「俊道さん……」

不意に名が呼ばれた。

俊道は凍てついた。

植え込みから新吾が現れた。

「新吾さん……」

俊道は、全身の緊張が一挙に解けるのを感じた。

「さあ、急いで」

新吾は、塀の傍に俊道を促した。塀の傍には半次が梯子を掛けて待っていた。

「新吾さん……」

半次は俊道に目礼し、新吾を促した。

新吾は頷き、梯子を駆け上がって塀の上から辺りを窺った。辺りに人影はなかった。

「俊道さん」

新吾は呼んだ。そして、半次が俊道を促した。俊道は、梯子をあがって塀の上に出た。半次が続き、梯子を引き上げた。新吾は塀の外に跳び降りた。俊道と半次が続いた。

俊道は、溝口藩江戸下屋敷を脱出した。

「半次の親分……」

新吾は半次を促した。

「承知」

半次は、懐から呼子笛を出した。

夜空に呼子笛が短く鳴った。

俊道は助けた……。

半兵衛は小さく笑い、居合い抜きの構えを解いた。

岩城と佐竹たちは戸惑った。

刹那、路地の奥に幸吉が現れ、一升徳利を投げ付けた。一升徳利は夜空を舞い、半兵衛と岩城たちの間に落ちて割れ、中から油が飛び散って広がった。

「油だ」

佐竹は怯んだ。

次の瞬間、路地の奥に由松が現れ、火の付いた松明を投げた。松明は火の粉を散らし、炎の尾を曳いて零れた油に落ちた。炎は一気に油に燃え広がった。

佐竹たち家来は狼狽し、思わず後退りした。

半兵衛は身を翻し、驚く家来たちを蹴散らして路地の奥に走った。

「追え」

佐竹は家来たちに命じた。だが、追い掛けようとした家来たちの行く手を燃え上がる炎が遮った。

岩城は困惑した。

塗笠を被った侍は何をしに現れたのだ……。

岩城は、不吉な予感に襲われた。

「消せ。火を消せ」

岩城は、佐竹たち家来に命じて屋敷に駆け戻った。

佐竹たち家来は、地面や塀に燃え上がる炎を懸命に消した。

岩城は、右京之亮の病室になっている座敷に急いだ。そして、座敷に入ろうとした時、中から順庵が飛び出して来た。岩城は、咄嗟に順庵を摑まえた。

「放せ。放してくれ。儂は死にたくない」

順庵は、恐怖に顔を醜く歪め、岩城の手を振り払おうとした。

岩城は、順庵の様子に、右京之亮の異変に気が付いた。

「黙れ、順庵……」

岩城は、順庵を当て落とした。順庵は、哀しげに呻いて気を失い、その場に崩れ落ちた。

岩城は座敷に入った。


右京之亮の死体は冷たくなり始めていた。

「右京之亮さま……」

岩城は、右京之亮の死体の傍に呆然と座り込んだ。

右京之亮は死んだ……。

岩城は、己の役目が終わったのを知った。

座敷に大木俊道はいなかった。

岩城は気付いた。

塗笠を被った侍は、大木俊道を助ける為の囮《おとり》として現れたのだ。そして、岩城たちを引き付け、その間に大木俊道を逃がしたのだ。

逃げた俊道が、右京之亮の死の真相を評定所に届け出れば、溝口藩は厳しく咎められる。そして、右京之亮が辻斬りだったと露見すれば、溝口藩は取り潰される恐れすらあるのだ。いずれにしろ、右京之亮の守役の岩城が無事に済むわけはないのだ。

岩城は、右京之亮の死と共に己の生涯も終わったのを知った。

新吾と半次は、俊道を三味線堀に繋いである屋根船に案内した。

屋根船では弥平次と勇次が待っていた。

俊道は、新吾と半次に促されて屋根船に乗り込んだ。

「勇次……」

弥平次は、勇次に屋根船を出すように命じた。

「合点です」

勇次は、屋根船を三味線堀から新堀川に進めた。

火は消し止められたらしく、溝口藩江戸下屋敷から火の手はあがらなかった。


屋根船は、新堀川を大川に向かっていた。

「それで俊道さん、岩田右京之亮の容態はどうなんですか」

新吾は眉をひそめた。

「右京之亮は、先ほど昏睡状態のまま息を引き取りましたよ」

俊道は告げた。

「死んだ……」

新吾は思わず声をあげた。

「ええ。私が行った時は、すでに手遅れの状態でしてね。今までよく持ってくれましたよ」

俊道は、疲れ果てたように吐息を洩らした。

「そうですか、右京之亮、死にましたか……」

新吾は、一件の終わりを知った。

「罪もない人たちを殺めた報い。自業自得ですぜ」

半次は吐き棄てた。

「それにしても俊道先生。右京之亮がどうして死んだか詳しく知る者としては、危ないところでしたね」

弥平次は苦笑した。

「ええ。右京之亮が死ねば、医者の私は最早用無し。口を封じられるところでしたよ」

俊道は、恐ろしげに身を震わせて頷いた。

勇次の漕ぐ屋根船は、新堀川から大川に出て流れを下り、柳橋の船宿『笹舟』の船着場に入った。

船宿『笹舟』には、俊道の妻の夏江と子供の祥太郎が雲海坊に伴われて来ていた。

「夏江、祥太郎……」

俊道は破顔一笑した。

「お前さま……」

夏江は、俊道と無事に再会したのを泣いて喜んだ。

新吾は、喜ぶ俊道親子に思わず貰い泣きをせずにはいられなかった。

半兵衛が、幸吉や由松と戻って来た。そして、鶴次郎も加わり、おまきが用意した膳でささやかな酒宴が始まった。

「良くやったな、新吾」

半兵衛は新吾を労《ねぎら》った。

「はい……」

新吾は嬉しかった。

船宿『笹舟』に安堵の笑い声が溢れた。


半兵衛は、北町奉行所与力の大久保忠左衛門《おおくぼちゅうざえもん》に辻斬りの一件の顚末を報せた。

大久保忠左衛門は、評定所に辻斬りは溝口藩藩主次男岩田右京之亮であり、犯行時に逆に斬られたのが元で死亡したと届けた。

溝口藩は驚愕し、老中や若年寄り、大目付などに金をばら撒き、一件を何とか握り潰そうとした。だが、握り潰そうとすればする程、右京之亮が辻斬りであり、逆に斬られて死んだという噂は江戸の町に広がった。評定所は広がり続ける噂を放置出来なかった。溝口藩は慌てて千造たちの遺族に詫び料を払い、守役の岩城蔵人に切腹をさせて事を収めようとした。だが、何もかもが手遅れだった。

評定所は岩田右京之亮を辻斬りと認め、父親である藩主・伊豆守に切腹を命じ、石高減知《こくだかげんち》の仕置を下した。

手遅れだったのは、右京之亮の怪我だけではなく、溝口藩家中の綱紀と風紀の乱れもだったのだ。

手遅れ……。

岩城蔵人は、俊道が云った言葉を嚙み締めながら腹を切って果てた。

俊道は、夏江と祥太郎を連れて菊坂町の家に帰り、養生所の外科医としての忙しい毎日に戻った。

新吾は、養生所見廻り同心として病人部屋の見廻りや賄所の管理などの仕事に忙しく動き廻っていた。

第二話

花一匁

一

梅雨も終わり、初夏の風が吹き始めた。

風邪をひいて養生所を訪れる患者もめっきり減った。

北町奉行所養生所見廻り同心の神代新吾は、賄所の物品の点検などの仕事に励んでいた。

「じゃあ神代、わしは北町奉行所に戻る。後はよろしく頼んだぞ」

新吾の上役である養生所見廻り与力の天野《あまの》庄五郎《しょうごろう》は、小者を従えて北町奉行所に戻って行った。

「御苦労さまにございました」

新吾は見送り、欠伸混じりに大きな背伸びをした。

「さあて、病人部屋の見廻りでもするか……」

新吾は、役人部屋を出て病人部屋に向かった。

病人部屋は女部屋と男部屋などがあり、百人ほどの入室患者がいた。

　新吾は、病人部屋に異常がないかを見廻った。

　肝煎りで本道医の小川良哲、外科医の大木俊道たちが患者を診察し、お鈴たち介抱人が煎じ薬を飲む世話をしていた。

　診察を終えた患者たちは、庭で足慣らしをしたり、濡縁の日溜りに座って日光浴をしていた。

「やあ、随分、良くなったようだね」

　新吾は、入室患者たちに声を掛けながら見廻りを続けた。

　女病人部屋の濡縁に、女入室患者のおしまに浪人が見舞いに来ていた。

「どうです。おしまさん……」

「これは神代さま、お蔭さまで。平内《へいない》さま、お世話になっている北の御番所の神代新吾さまです」

　おしまは、浪人に新吾を紹介した。

「おお、これはこれは。おしまがお世話になっています。私は尾崎平内です」

　尾崎平内と名乗った浪人は、無精髭の伸びた顔をほころばせて新吾に挨拶をした。

「いいえ……」

「養生所に来てからずんと元気になり、顔色も良くなりました。本当にありがとうございます」

尾崎は、新吾に深々と頭を下げた。

「尾崎さん、おしまさんの病が良くなっているのは、お医者と介抱人のみんなの力、そして、何よりもおしまさんの病に勝とうって気持ちですよ」

新吾は笑った。

おしまは、五日前に血を吐いて養生所に担ぎ込まれた。良哲の見立では労咳であり、病状はかなり進んでいた。

良哲は、おしまに養生所に入室して滋養を取り、静かに養生する事を勧めた。おしまは、良哲の勧めに従って養生所の入室患者になった。

「ま、必ず治りますから養生に励むんですね」

新吾は励ました。

「左様。おしま、神代さんの仰る通りだ。願いを叶える為にも病を治さなければならぬ」

尾崎は、おしまに優しく云い含めた。

「はい」

おしまは頷いた。

信頼し合っている仲の良い夫婦……。

新吾は微笑んだ。

「新吾さま……」

下男の宇平が、庭箒を手にして病人部屋の庭先にやって来た。

「おう。どうした。宇平の父っつぁん」

「へい……」

宇平は眉をひそめた。

おしまたちには聞かせたくない話だ……。

「尾崎さん、おしまさん、じゃあ……」

新吾は、尾崎とおしまに断り、濡縁の端に宇平を促した。

「どうした……」

「へい。先程から裏に人相の悪い浪人と町人がいるんですよ」

「なんだと……」

養生所は、公儀が生活困窮者の為に作った施療院であり、診察も薬も無料だった。それ故に入室患者の中には借金を抱えている者もおり、取立人が押し掛けて来る事もある。

新吾は、宇平の報せた人相の悪い浪人と町人をそう睨んだ。

「よし」

新吾は、養生所の裏手に向かった。


養生所の裏手には、公儀御薬園《おやくえん》が広がっている。

新吾は裏木戸を出た。

佇んでいた人相の悪い浪人と町人は、顔を見合わせて眉をひそめた。

「養生所に何か用か……」

新吾は、厳しい面持ちで尋ねた。

「別に……」

浪人は、鼻の先でせせら笑いを浮かべた。

「ならば、早々に立ち去れ」

新吾は命じた。

「お前さんの指図を受ける謂われはねえ」

浪人はせせら笑いを消し、町人は懐に手を入れた。

「おのれ、やるか……」

新吾は身構えた。

「何をしている松川、虎造」

尾崎平内が厳しい面持ちでやって来た。

浪人と町人は、尾崎平内の仲間……。

新吾は戸惑った。

「待たせたな」

尾崎は、松川と虎造を鋭く一瞥した。

松川と呼ばれた浪人は構えを解き、虎造と呼ばれた町人は懐から手を出した。

「尾崎さん……」

「神代さん、お邪魔をしました。さあ、行こう」

尾崎は、新吾に頭を下げ、松川と虎造を促して鍋割坂《なべわりざか》に向かっていった。

新吾は、戸惑いを浮かべたまま見送った。

「新吾さん……」

手妻の浅吉《あさきち》が現れた。

「おう、浅吉か……」

「虎造の野郎、何しに来たんだい」

浅吉は、立ち去って行く尾崎たちを示した。

「知っているのか」

「浪人たちは知らねえが、虎造は半端な博奕打ちだぜ」

浅吉は嘲笑した。

「半端な博奕打ち……」

新吾は思わず首を捻った。

尾崎平内と博奕打ちが関わりがあるのが意外だった。

「どうかしたのかい」

浅吉は眉をひそめた。

「一緒に行った浪人、瘦せて背の高い方だが、尾崎平内さんといって女入室患者の亭主なんだが、とてもあんな連中と関わりがあるようには思えなくてな」

「気になるのか……」

「うん」

「よし。ちょいと尾行てみるか……」

「そうしてくれるか」

「ああ……」

浅吉は、新吾と落ち合う場所を決めて尾崎たち浪人を追った。

新吾は、鍋割坂を小走りに行く浅吉を見送った。


役人部屋に戻った新吾は、入室患者の名簿を捲っておしまの名を探した。

おしまは、浪人の娘であり二十七歳になる。現在は料亭の仲居をしていた。住まいは下谷御切手町《ごぎってちょう》の五郎兵衛長屋となっていた。

おしまの家は、亭主である尾崎平内の家でもある。

尾崎平内の住まいを知った新吾は、おしまたち女入室患者の介抱人であるお鈴を探した。

お鈴は、忙しく入室患者の煎じ薬を仕度していた。

「やあ、お鈴さん……」

「なんですか」

「入室患者のおしまさんの亭主、知っているかな」

「おしまさんの御亭主って尾崎さんですか」

お鈴は、煎じ薬の様子をみた。

「うん。どんな人か知っているかな」

「さあ。私も今日、初めてお逢いしたので良く分かりません」

「今日、初めて……」

新吾は戸惑った。

「ええ……」

「じゃあ、尾崎平内さん、今日初めて養生所に来たのか……」

普通、女房が倒れて養生所に担ぎ込まれたとなれば、亭主はその日の内に駆け付けてくるのが殆どだ。だが、尾崎平内は、おしまが入室して五日後に養生所にやって来た。

遅すぎる……。

新吾は困惑した。

鍋割坂は小石川御薬園と田畑の間を抜けている道に続き、小石川橋戸町から傳《でん》通院《づういん》脇の武家屋敷街に続いている。

尾崎平内は、松川や虎造と一緒に傳通院脇の武家屋敷街を抜けて安藤坂を進んだ。

浅吉は慎重に尾行した。

尾崎平内たちは、安藤坂から牛天神《うしてんじん》に抜けて常陸国《ひたちのくに》水戸藩江戸上屋敷脇から神田川に出た。

神田川の流れは、西に傾いた日差しに煌めいていた。

尾崎たちは、神田川沿いの道を湯島に向かった。浅吉の尾行は続いた。

湯島天神門前町は、夕暮れ前から店を開ける居酒屋も多く、賑わい始めていた。

尾崎は、松川や虎造と門前町の奥にある小さな居酒屋に入った。

浅吉は見届けた。そして、居酒屋の評判を聞き集めた。

西に傾いた太陽は、次第に赤味を帯びて来ていた。


白山権現から千駄木を抜けて谷中に出れば、下谷御切手町は近い。

新吾は、おしまと尾崎平内が暮らしている下谷御切手町にある五郎兵衛長屋を訪れてみる事にした。

養生所を出た新吾は、白山権現から下谷に急いだ。

下谷御切手町は、入谷の真源院鬼子母神近くにあり、五郎兵衛長屋はすぐに見つかった。

新吾は、五郎兵衛長屋の木戸を潜った。五郎兵衛長屋の井戸端には、夕食の仕度をするおかみさんがいた。新吾は、おかみさんにおしまの家が何処かを尋ねた。

「一番奥の家ですけど。今、おしまさん、病に罹《かか》って小石川の養生所に入っているんですよ」

おかみさんは、新吾を気の毒そうに見た。

「うん。で、御亭主の尾崎平内さんは、まだ戻っていないのかな」

「御亭主……」

おかみさんは、戸惑いに眉をひそめた。

「うん」

「お役人さま、おしまさんに御亭主なんかいませんよ」

おかみさんは首を捻った。

「いない……」

新吾は戸惑った。

「ええ。おしまさん、二年前に越して来ましたけど、その時からずっと一人暮らしですよ」

「じゃあ、尾崎平内って浪人は……」

「知りませんよ。そんな人……」

おかみさんは、新吾を怪訝に見つめた。

「知らない……」

新吾は、呆然とした面持ちになった。

夕陽は辺りを赤く染めて沈み、夕暮れ時が訪れた。


湯島天神門前町の盛り場には艶っぽい明かりが揺れ、酒の香りと女の嬌声が飛び交い始めた。

尾崎平内、松川、虎造は、小さな居酒屋に入ったままだった。

浅吉は見張りを続けた。

小さな居酒屋は、渡り中間あがりの親父が営んでおり、口入屋の仕事にあぶれた人足たちが昼から屯《たむろ》して酒を飲む店だった。

暮六つ（午後六時）が過ぎた。

酒に酔った男たちの笑い声が、小さな居酒屋から賑やかに溢れていた。

新吾と落ち合う刻限の暮れ六つ半（午後七時）まであと半刻ある。

浅吉は見張りを続けた。

小さな居酒屋の腰高障子が開き、尾崎が松川や虎造と一緒に出て来た。

浅吉は、素早く物陰に隠れた。

尾崎たちは酒の酔いも見せず、盛り場の賑わいを裏手の切通しに向かった。

浅吉が尾行した。

尾崎たちは、切通しから不忍池に進んで行く。

何処に行く気だ……。

浅吉は尾行を続けた。


不忍池には月明かりが揺れ、鳥の鳴き声が甲高く響いた。

尾崎は、松川や虎造と不忍池の畔を茅町二丁目の方に進んだ。

浅吉は暗がりを追った。

尾崎たちは、下野国《しもつけのくに》喜連川《きつれがわ》藩一万石の江戸上屋敷の向かい側の武家屋敷の門前に佇んだ。そこは浅吉も知っている屋敷だった。

賭場……。

屋敷は、浅吉も何度か来た覚えのある下総国《しもうさのくに》鶴野《つるの》藩江戸下屋敷にある賭場なのだ。

虎造は、閉められた表門脇の潜り戸を叩いた。覗き窓が開き、中間の梅吉が顔を見せた。虎造は、梅吉に頷いて見せた。

潜り戸が開いて虎造が入り、松川と尾崎が続いた。潜り戸が閉められた。

博奕を打ちに来たのか……。

浅吉は、鶴野藩江戸下屋敷の門前に駆け寄り、潜り戸を叩いた。

「どちらさまですか……」

覗き窓が開き、梅吉が顔を見せた。

「浅吉だよ」

浅吉は微笑んで見せた。

「こりゃあ……」

梅吉が潜り戸を開けた。浅吉は素早く門の内に入った。

「手妻の兄貴、お久し振りです」

「うん。久し振りに遊びに来たんだが、今入って行った野郎、虎造だな」

「へい」

「一緒に来た浪人ども、何処の誰か知っているのかい」

浅吉は梅吉に尋ねた。

「いいえ。虎造の口利きですから……」

「そうか。よし、遊ばせて貰うぜ」

浅吉は、足軽長屋の賭場に向かった。

足軽長屋の賭場は、男たちの熱気と酒の匂いに満ち溢れていた。

浅吉は、胴元を務める中間頭の善八に目礼をし、盆茣蓙《ぼんござ》を囲む客たちを見廻した。

虎造と松川は、盆茣蓙の端で駒を張っており、尾崎は次の間で湯呑茶碗の酒を啜っていた。

「御免なすって……」

浅吉は尾崎の隣に座った。

「うむ……」

尾崎は、頷いて酒を飲んだ。

浅吉は、湯呑茶碗に酒を満たして啜った。

上野寛永寺の鐘が戌《いぬ》の刻五つ（午後八時）を鳴らした。

「戌の刻五つか……」

尾崎は呟き、酒を飲み干して湯呑茶碗を置いた。

松川と虎造が尾崎を一瞥した。

尾崎は頷いた。そして、浅吉に苦笑して見せ、刀を手にして立ち上がった。

賭場荒し……。

浅吉は、己の勘の囁きに素早く下がった。

次の瞬間、松川と虎造は、盆茣蓙の上を走って胴元の善八たちを蹴散らして金箱を奪い取った。

「賭場荒しだ」

善八たちの怒声があがった。客たちが慌てて壁際に下がった。

松川と虎造は、金箱を抱えて戸口に走った。

博奕打ちたちが追い掛けようとした。だが、その前に尾崎が立ちはだかった。

「退け」

博奕打ちたちは、匕首を抜いて尾崎に襲い掛かった。

尾崎は、刀を抜かずに博奕打ちたちを次々と叩き伏せた。争う音が響き、怒声と短い悲鳴が交錯し、中間部屋が激しく揺れた。

尾崎は強く、襲い掛かる博奕打ちたちを翻弄した。

「殺せ」

善八は、満面に憎悪を浮かべた。

尾崎は苦笑し、刀を抜き打ちに閃《ひらめ》かせた。

刀の煌めきが走り、博奕打ちたちが仰け反り、頭を抱えて蹲《うずくま》った。

幾つかの燭台の蠟燭が斬り飛ばされ、火が消えて暗くなった。

賭場は混乱した。

「明かりだ。明かりをつけろ」

善八の怒声は、混乱する賭場に響いた。

浅吉は、手探りで足軽長屋から出た。そして、表門脇の潜り戸に走った。潜り戸の傍には、中間の梅吉が気を失って倒れていた。浅吉は、素早く潜り戸から門前に出た。しかし、虎造、松川、尾崎たちの姿は、すでに見えなかった。

善八と博奕打ちたちが門内から出て来た。

「善八の頭、酷い目に遭ったたな」

浅吉が声を掛けた。

「ああ。手妻の。虎造の野郎、どっちに行ったか見たか」

善八は、腹立たしげに辺りを見廻した。

「残念ながら……」

浅吉は首を横に振った。

「くそっ。探せ、虎造の野郎たちを探し出して連れて来い」

善八は、梅吉たち配下の博奕打ちに命じた。

博奕打ちたちは、松川、虎造、尾崎たちを追って夜の暗がりに散った。

「畜生、必ずぶち殺してやる……」

善八は、腹立たしげに唾を吐いて屋敷内に戻って行った。

浅吉は、不忍池の畔に出た。

夜風が吹き抜け、不忍池の水面に小波が煌めいた。

今夜はこれまでだ……。

浅吉は吐息を洩らした。

新吾と約束した暮れ六つ半（午後七時）はすでに過ぎている。

新吾は待っている……。

浅吉はそう思い、不忍池の畔を進んで切通しに向かった。そして、切通しを抜けて湯島天神男坂下の居酒屋に急いだ。

居酒屋は腰高障子に温かい明かりを映し、楽しげな笑い声が洩れていた。

居酒屋は『布袋屋』という名であり、新吾と浅吉は亭主の伝六《でんろく》と知り合ったばかりだった。

浅吉は、『布袋屋』の腰高障子を開けた。

二

居酒屋『布袋屋』は、数人の常連客が楽しげに酒を飲んでいた。

「おう。いらっしゃい。お待ちかねだぜ」

亭主の伝六が浅吉を親しげに迎え、店の奥を示した。

新吾が酒を飲んでいた。

「父っつぁん。酒を頼むぜ」

「ああ……」

浅吉は、新吾の許に向かった。

「待たせたな……」

浅吉は、新吾の向かい側に座った。

「何かあったのか……」

新吾は、浅吉の猪口に酒を満たした。

「ああ、おおありだ……」

浅吉は、猪口に満たされた酒を飲み干した。

「尾崎さん、何かしたのか」

新吾は浅吉に酒を注ぎ、手酌で己の猪口を満たした。

「そいつが、驚いた事に松川や虎造と一緒に賭場荒しをしやがった」

「賭場荒し……」

新吾は驚いた。

「ああ。不忍池の畔にある鶴野藩江戸下屋敷の賭場でな」

浅吉は、苦笑しながら酒を飲んだ。

「おまちどお……」

伝六が新しい酒を持って来た。

「父っつぁん、こっちにも酒をくれ」

常連客が伝六に頼んだ。

「おう……」

伝六は、返事をして板場に入って行った。

「賭場荒しとはな……」

新吾は困惑した。

「病のおかみさんを抱えて、金が欲しかったのかな」

浅吉は眉をひそめた。

「養生所は薬代も食事代も只だ。金はとりあえずは不要だ」

「そうか……」

浅吉は頷いた。

「それにな浅吉。尾崎さん、おしまさんと何でもなかったんだ」

「何でもないって……」

「尾崎さん、おしまさんの亭主でもなけりゃあ、夫婦でもなかったんだ」

「えっ……」

浅吉は戸惑った。

「俺はてっきり夫婦だと思ったんだがな」

新吾は、互いに信頼し合っている尾崎とおしまの姿を思い出した。

「そして、賭場荒しか……」

浅吉は呟き、思いを巡らせた。

「うん。夫婦ではない尾崎平内さんとおしまさん。それに賭場荒し。分からない事だらけだな」

新吾は酒を飲んだ。

「ああ……」

浅吉は頷いた。

「それで尾崎さん、腕の方はどうだった」

「かなりの手練だぜ」

「だろうな……」

新吾は頷いた。

「ああ。博奕打ちたちを叩きのめし、あっという間に消えちまったぜ」

「そうか……」

新吾は思いを巡らせた。

尾崎平内とおしまの関わり、そして賭場荒しには何が秘められているのか……。

新吾は気になった。

「それにしても、賭場荒しをして無事に済むと思っているのかな」

浅吉は、呆れたように酒を飲んだ。

胴元の善八は、すでに江戸中の賭場や博奕打ちに回状を廻し、虎造たちの行方を追い始めたはずだ。そして、見つかれば容赦なく嬲《なぶ》り殺しにされる。

「よし、とにかく虎造を探してみるか……」

「うん。俺は、おしまさんに尾崎さんの居所をそれとなく聞いてみる」

新吾と浅吉は、それぞれやる事を決めて酒を飲んだ。

夜は静かに更けて行った。


養生所の一日が始まった。

通いの患者たちは待合室に溢れ、本道医の小川良哲や外科医の大木俊道は診察に追われた。

新吾は、病人部屋の見廻りや備品調べ、新たに入室する患者の手続きなどに忙しかった。


不忍池の畔の鶴野藩江戸下屋敷は、表門を閉じて静寂に包まれていた。

浅吉は、表門脇の潜り戸を小さく叩いた。覗き窓から中間の梅吉が顔を見せた。

「やあ……」

「こりゃあ、手妻の兄貴……」

「昨夜の賭場荒し、どうなった」

浅吉は尋ねた。

「善八の頭たちが探し廻っていますが、まだ見つかっちゃあいませんぜ」

尾崎、松川、虎造は、善八たちに見つからず逃げ廻っている。浅吉は、奇妙な安堵感を覚えた。

「そうか……」

「兄い、心当たりでも……」

梅吉は眉をひそめた。

「いや。ちょいと気になってな。じゃあ」

浅吉は苦笑し、門前から離れた。


通いの患者たちの診察も終え、養生所はひと息ついた。

良哲の回診も終わったおしまは、濡縁で風に吹かれながら煎じ薬を飲んでいた。

新吾は、庭先から女病人部屋の濡縁にいるおしまの許に向かった。

「やあ。どうかな、具合は……」

「これは神代さま。お蔭さまで……」

おしまは、新吾に明るい笑顔を向けた。

尾崎平内の賭場荒しを知らない……。

新吾の直感が囁いた。

「そりゃあ良かった」

新吾は濡縁に腰掛けた。

「おしまさん、今日、尾崎平内さんは来るんですか」

「さあ……」

おしまは、微笑みながら首を僅かに傾けた。

「おしまさん、家は入谷の鬼子母神の近くでしたね」

「はい。御切手町の五郎兵衛長屋です」

「尾崎さん、普段は何をしているんですか」

新吾は、何気なく探りを入れた。

「えっ……」

おしまは戸惑いを滲ませた。

「尾崎さんですよ」

「はあ、尾崎は……」

おしまは云い澱《よど》んだ。

尾崎平内と夫婦ではないというのか、それとも夫婦を装い続けるのか……。

新吾は、おしまの次の言葉を待った。

「昼間は剣術道場の師範代をし、夜は大店に雇われ、金蔵の寝ずの番でもしているのかも知れません」

おしまは微笑んだ。

そこには、夫婦だという確かな言葉はなかった。

「尾崎さん、剣は何流を学んだのか、ご存じですか」

「新陰流《しんかげりゅう》だと聞いております」

「そうですか、新陰流ですか……」

新吾は眉をひそめた。

「あの、尾崎が何か……」

おしまは、不安を過ぎらせた。

「いえ。昨夜、ある賭場が荒らされたそうでしてね。その荒らした浪人の一人が、新陰流の使い手だったとか……」

新吾は鎌を掛けた。

「賭場荒し……」

おしまは驚き、狼狽した。

「ええ……」

新吾は頷いた。

おしまの驚きは、尾崎平内の賭場荒しの企てを知らなかった証だ。

新吾はそう読んだ。

「ですが、尾崎さんと賭場荒しの浪人は、新陰流の使い手だってところが同じなだけです。尾崎さんに限って、そんな心配は無用でしょう」

新吾は明るく笑った。だが、おしまは新吾の言葉とは裏腹に不安を募らせた。

「それにしても、賭場荒しは役人に追われる心配はないが、荒らされた博奕打ちたちに執念深く追われるそうでして。捕まると情け容赦なく嬲り殺しにされると聞きます」

新吾は、それとなくおしまの不安を煽った。

おしまは恐ろしげに顔を歪め、微かに身震いした。

「あの、神代さま……」

おしまは、新吾に縋《すが》る眼差しを向けた。

「何か……」

「私、出掛けて来てもよろしいでしょうか」

「それは無理だ。良哲先生は許してくれぬ」

新吾は断言した。

「ですが……」

おしまは焦りを浮かべた。

「何ならおしまさん、私が代わりに出掛けても構わぬが……」

「神代さまが……」

おしまは戸惑った。

「うん。何処に行くのだ」

「そ、それは……」

おしまは困惑した。だが、困惑は心配には勝てなかった。

「実は神代さま。尾崎は、故あって谷中天王寺傍の明源寺の家作《かさく》に一人で暮らしているのです」

おしまは苦しげに告げた。

「ほう。そうなのですか……」

新吾は、鎌を掛けた後ろめたさを感じた。

「はい。出来る事なら尾崎の様子を見て来て戴きたいのです」

「分かった。天王寺傍の明源寺ですね」

新吾は念を押した。

「はい……」

「よし。これから行ってみる。ではな」

「よろしくお願いします」

おしまは、立ち去る新吾に深々と頭を下げて不安げに見送った。

谷中天王寺には、白山権現から千駄木・団子坂を行けば良い。

隅田川はゆったりと流れ、様々な船が行き交っていた。

金龍山浅草寺前の広小路を来た浅吉は、隅田川に架かっている吾妻橋の袂から花川戸町《はなかわどちょう》に入った。そして、隅田川沿いを進み、山谷堀《さんやぼり》に架かる今戸橋《いまどばし》に差し掛かった。山谷堀の日本堤を西に進むと新吉原になり、尚も進むと下谷三ノ輪町になる。

浅吉は今戸橋を渡り、物陰に潜んで古い一膳飯屋の様子を窺った。

古い一膳飯屋は腰高障子を開け、日に焼けて色の褪せた暖簾を川風に揺らしていた。

人足や職人たちといった客が出入りしていた。

変わった様子もなく、普通に商いをしている……。

浅吉はそう睨み、周囲を油断なく見廻した。追手らしい男は、何処にも見えなかった。

虎造の女の家は、博奕打ちたちには知られていないようだ。

浅吉は、虎造が古い一膳飯屋の年増女将おこうのつばめなのを知っていた。

虎造は、おこうが母親ほどの大年増なのを恥じ、誰にも云わず秘密にしていた。

浅吉がその事実を知ったのは、虎造が博奕に負けて金を用立てに行くのを尾行したことがあったからだった。

虎造は、大年増のおこうに子供のように甘え、可愛がられていた。

虎造が、善八たち博奕打ちから隠れるには、おこうの一膳飯屋を頼るしかないはずだ。

浅吉はそう睨み、虎造が潜んでいるのを確かめようと、一膳飯屋の暖簾を潜った。

「いらっしゃい……」

年増女将のおこうが、不気味な科《しな》を作って浅吉を迎えた。

店では客の人足が二人、大根の煮付けで丼飯を食べていた。

「何にします」

おこうは、店の隅に座った浅吉に出涸らしの茶を差し出した。

「みんなと同じものを頼むぜ」

浅吉は、出涸らしの茶を啜りながら店の中を見廻した。店や板場に虎造の姿はなかった。

だが、この家の何処かに潜んでいる……。

浅吉は、店と板場の間に二階に続く階段があるのに気付いた。

二階か……。

浅吉は、二階の様子を窺った。二階から床の軋む音が微かに聞こえた。

誰かいる……。

浅吉は、思わず笑みを浮かべた。

「おまちどお」

大年増おこうが、盆に丼飯、大根の煮付け、味噌汁を載せて持って来た。

「おう……」

浅吉は、丼飯を食べ始めた。


天王寺周辺の寺町は、昼下がりの静けさに覆われていた。

明源寺は寺町の片隅にあった。

「勝ってうれしや花一匁《もんめ》、負けてくやしや花一匁……」

子供たちの唄う童歌が、明源寺の境内から長閑に響いていた。

新吾は、明源寺の山門を潜って狭い境内に入った。

狭い境内に参拝客はおらず、幼い子供たちが手をつないで向かい合い、童歌を唄いながら子取り遊びをしていた。

新吾は、狭い境内を抜けて本堂の裏に廻った。裏庭に古い小さな家作が一軒あった。尾崎平内が暮らしている家作だ。

新吾は、家作の様子を窺った。

家作は雨戸を閉め、人のいる気配はしなかった。

尾崎はいない。

逃げたのか、それとも博奕打ちに捕らえられて連れ去られたのか……。

新吾は、家作とその周囲を調べた。しかし、争った形跡は何処にもなかった。

尾崎は賭場荒しをして以来、戻っていないのかも知れない。

新吾は睨んだ。

「何か用かな……」

長閑な声が背後から掛けられた。

新吾は振り返った。

肥った中年の住職が庭箒を手にしていた。

「尾崎平内さん、お留守のようですね」

「うむ。お前さんは……」

「北町奉行所の養生所見廻り同心の神代新吾と申します」

新吾は挨拶をした。

「ほう、養生所見廻り同心か。儂はこの寺の住職の明念《みょうねん》だよ」

明念は、物珍しそうに新吾を見廻した。

新吾は苦笑した。

「で、その養生所見廻り同心が、平内さんに何用かな」

「はあ。実は養生所に入室したおしまさんの用で来たのですが……」

「なに、おしまさんが養生所に……」

明念は眉をひそめた。それは、明念がおしまを知っている証だった。

「ええ……」

新吾は頷いた。

「神代さん、詳しい事を教えて貰いたい。さあ、庫裏《くり》に来てくれ」

明念は、新吾を庫裏に誘《いざな》った。


囲炉裏に掛けられた鍋から湯気が立ち昇っていた。

「どうぞ……」

明念は茶を淹れ、囲炉裏端に座った新吾に差し出した。

「いただきます」

新吾は茶を啜った。

「それで神代さん、おしまさんはどのような病なんです」

「労咳です」

新吾の声には同情が含まれていた。

「労咳……」

明念は言葉を失った。

「ですが、それなりに養生すれば、治るかもしれないと……」

「それならいいが……」

明念は、僅かな安堵を過ぎらせた。

「御住職、尾崎さんとおしまさんは、どのような関わりなんですか」

「ま、夫婦のようなものだ」

「夫婦……」

新吾は戸惑いを滲ませた。

「左様……」

明念は頷いた。

「ですが、おしまさんは入谷の五郎兵衛長屋。何故、一緒に暮らしていないのですか」

「それは……」

明念は言葉を濁した。

「教えて下さい」

新吾は頭を下げた。

「うむ。実はな神代さん、平内さんとおしまさんは子供の頃からの許婚《いいなずけ》でな」

「許婚……」

「勿論、親同士の決めたものだがな」

明念は茶を啜った。

「では何故……」

新吾は身を乗り出した。

明念は吐息を洩らし、貧乏徳利の酒を二つの湯呑茶碗に満たした。そして、一つを新吾に差し出し、残る湯呑茶碗の酒を飲んだ。そこには、酒でも飲まなければ遣り切れない想いが滲んでいた。

「神代さん、平内さんとおしまさんの父親は、ある大身旗本の家来同士でな。相次いで病で亡くなり、平内さんとおしまさんの弟が家を継いだ。そして、二人は父親の喪が明け次第祝言をあげるつもりだった。だが、旗本の殿さまがおしまさんに横恋慕をしてな。邪魔な平内さんを放逐し、おしまさんを無理やり側室にした。浪人した平内さんは、尾崎家の菩提寺のこの寺の家作で暮らすようになった」

明念は、喉を鳴らして酒を飲んだ。

「それで、おしまさんは……」

「やがて懐妊し、男の子を産んだ」

「旗本家の若君ですか……」

「うむ。だが、殿さまには奥方との間にすでに嫡子と次男がいてな。おしまさんの子供は邪魔者に過ぎぬ。殿さまは、おしまさんの知らぬ内に子供を里子に出してしまった」

「酷い真似をしやがる……」

新吾は怒りを過ぎらせた。

「おしまさんは、許婚の平内さんに続いて我が子までも失い、半狂乱になった。殿さまは手を焼き、おしまさんに暇を取らせ、屋敷から追い出した。そんな、おしまさんを出迎えたのが平内さんだ」

「尾崎さん……」

「うむ。平内さんしかいなかったんだよ」

明念は、やりきれない面持ちで酒を飲んだ。

新吾は、明念のやりきれなさが良く分かった。

「尾崎さんとおしまさん、それからどうしたんですか」

「里子に出された子供を探し始めたよ」

明念は、空になった己の湯呑茶碗に酒を満たした。

「子供、見つかったんですか……」

「うん。平内さんが見つけたそうだ」

尾崎は、里子に出されたおしまの子供の処にいるのかも知れない。

「子供は何処にいたんですか」

「そこまでは知らぬ……」

明念は、眉をひそめて首を横に振った。

「そうですか……」

「それにしてもおしまさん。やっと平内さんと再会し、子供の居所が分かったというのに、労咳とは余りにも哀し過ぎる……」

明念はおしまを哀れみ、悔しがった。

尾崎平内はおしまと再会し、里子に出された子も探し出した。

それなのに何故、賭場荒しをしたのか……。

新吾は思いを巡らせた。

金……。

尾崎平内の賭場荒しは、金が狙いなのは間違いない。

何に必要な金なのか……。

新吾の疑念は次々と湧いた。

「それで神代さん、平内さんは何をしたんだ」

明念は酒を啜った。

「何をと申されても……」

新吾は言葉を濁した。

「神代さん、平内さんが家を空けて戻らないなんて、滅多にない事だ……」

明念は新吾を見つめた。

新吾は覚悟を決めた。

「御住職、実は尾崎さん、賭場を荒らし、金を奪って逃げましてね」

「賭場を荒らした……」

明念は戸惑った。

「ええ。金が狙いでしょうが、何の為に金が入り用なのか……」

新吾は、湯呑茶碗の酒を飲んだ。

子供たちの唄う子取り遊びの童歌が長閑に響いていた。

三

浅草山谷堀の流れは、下谷三ノ輪町から田畑の間を抜けて隅田川に続いている。

今戸橋の袂の小さな古い一膳飯屋は、昼飯の客も途絶えて暖簾を仕舞った。

浅吉は、斜向かいの物陰に潜んで虎造が現れるのを待った。

浪人の松川が、尾行を警戒しながら浅草広小路から足早にやって来た。

野郎……。

浅吉は緊張し、松川を見守った。

松川は、尾行の有無を確かめ辺りを慎重に窺った。そして、不審のないのを確かめ、小さな古い一膳飯屋に素早く入った。

浅吉は、松川が来た浅草広小路からの道を窺った。博奕打ちらしい男が二人、松川を追って現れ、小さな古い一膳飯屋を見つめた。

賭場の胴元で中間頭の善八の配下……。

浅吉は睨んだ。

善八は、浪人の松川を見付けた。だが、捕まえずに泳がせ、尾崎平内や虎造の居所を突き止めようとしているのだ。

浅吉はそう読み、二人の博奕打ちの動きを見守った。

博奕打ちの一人が、来た道を浅草広小路に駆け戻って行った。

善八に報せに行った……。

松川と虎造はどうするのか……。

浅吉は事態を見守った。

僅かな刻が過ぎた。

善八たち博奕打ちが、浅草広小路の方から駆け付けて来た。

読み通りだ……。

浅吉は苦笑した。

善八たち博奕打ちは、小さな古い一膳飯屋に雪崩れ込んだ。おこうの悲鳴があがり、男たちの怒声が飛び交った。

善八は、松川と虎造を締め上げて奪った金を取り戻し、尾崎平内の行方を突き止めようとするはずだ。

浅吉は、小さな古い一膳飯屋の裏口に忍び寄り、店内の様子を窺った。

店の中では、虎造と松川が博奕打ちたちによって善八の前に引き据えられていた。

「虎造、もう一人の浪人の名前と居場所を教えて貰おうか……」

善八は嘲笑を浮かべた。

「し、知らねえ……」

虎造は顔を歪めた。

刹那、善八は虎造の横っ面を張り飛ばした。

虎造は鼻血を飛ばし、床に激しく叩きつけられた。

「止めて、止めておくれよ」

おこうが金切り声をあげた。

「煩せえ、婆あ」

善八は、凶暴さを丸出しにしておこうを蹴飛ばした。おこうは悲鳴をあげ、太股を露わにして仰向けに倒れた。博奕打ちたちは、声を揃えて嘲笑った。

善八は、匕首を抜いて松川の喉元に突き付けた。

「虎造、いつまでも惚《とぼ》けていると松川の命はねえ」

善八は、薄笑いを浮かべて匕首を引いた。松川の喉元から血が滴り落ちた。

「と、虎造……」

松川は恐怖に顔を醜く歪め、声を嗄らして意識を失った。

善八は酷薄に笑った。

「尾崎です……」

虎造は声を震わせた。

「尾崎だと……」

「ええ……」

「尾崎なんていうんだ」

「そこまでは知らない」

「じゃあ、家は何処だ」

「分からない。いつも湯島天神門前の飲み屋で逢うだけだ。だから家は知らねえ。本当だ。信じてくれ」

虎造は恐怖に引き攣り、声を嗄らして必死に頼んだ。

善八は嘲りを浮かべ、虎造の喉元に匕首を突き付けた。

「信じてくれだと……」

「ああ、助けてくれ……」

虎造は、涙を零して哀願した。

「今更、甘ったれても手遅れだぜ」

賭場を荒らされ、顔を潰された博奕打ちに容赦はない。

「蒲団巻きにして連れ出せ」

善八は残忍な笑みを浮かべ、配下の博奕打ちに命じた。博奕打ちたちは、虎造を押さえ付けた。

「勘弁してくれ。助けてくれ」

虎造は哀願し、必死に抗った。

「煩せえ」

博奕打ちたちは虎造を殴り、縛り上げて猿轡を嚙ました。

「あんたぁ……」

おこうは泣いていた。

所詮、博奕打ち同士の揉め事……。

浅吉は冷たく笑い、小さな古い一膳飯屋から離れた。

善八たち博奕打ちは、蒲団巻きにした虎造を担ぎ出して来た。そして、山谷堀沿いの日本堤を三ノ輪町に向かった。下谷三ノ輪町から不忍池は近い。不忍池の畔の大名家の江戸下屋敷に連れて行く気だ……。

浅吉は睨んだ。

おしまは戸惑いを浮かべた。

「尾崎、明源寺にいないのですか……」

「ええ。御住職の話では、ここ数日、戻って来ないそうです」

新吾は眉をひそめた。

「神代さま、やはり尾崎は賭場荒しを……」

おしまは不安を過ぎらせた。

「そいつは、まだはっきりしませんが……」

新吾は、おしまに心配を掛けたくなかった。だが、事態はそれで済むはずはない。

「おしまさん。尾崎さん、纏まった金が入り用だったのですか」

「そ、それは……」

おしまは微かにうろたえた。

知っている……。

おしまは、尾崎がどうして金が必要なのかを知っているのだ。

新吾は確信した。そして、おしまがそれを隠すのは、尾崎平内や大身旗本家との過去に関わりがある。

新吾は睨んだ。

「良く分かりません……」

おしまは言葉を濁した。

「そうですか……」

新吾は吐息を洩らした。

「はい」

おしまは、申し訳なさそうに頷いた。

「じゃあ……」

「いろいろ御造作をお掛け致します」

おしまは、新吾に武家言葉で礼を述べた。おそらく新吾との話に緊張し、解き放たれた安心感から零れたのだ。

新吾は、気付かない振りをして女病人部屋を後にした。

出涸らしの茶は喉を温かく潤した。

新吾は、尾崎平内とおしまの動きを洗い直した。

尾崎は、纏まった金が必要だった。それは、おしまも承知の上の事だ。そして、尾崎は賭場を荒らして金を奪った。賭場を襲ったのは、金を強奪する罪の意識を軽くする為だったのかも知れない。

尾崎は、纏まった金を手に入れて姿を消した。姿を消したのは、これから何かをしようと企てているからだ。

おしまはどうするのか……。

新吾は思いを巡らせた。

尾崎は、おしまの許に必ず来る……。

新吾は不意にそう思った。

纏まった金が必要なのは、尾崎だけではなくおしまも一緒なのだ。

尾崎とおしまは、纏まった金を手に入れて何をするつもりなのだ。

尾崎平内は、おしまの許に必ず現れる。いや、すでに養生所の近くに来ているのかも知れない……。

新吾は、思わず庭を見廻した。

庭に人影はなく、晒し布や寝巻きなどの洗濯物が、微風に揺れながら眩しく輝いているだけだった。


不忍池には川鵜《かわう》が不気味なほどに集まっていた。

善八たち博奕打ちは、鶴野藩江戸下屋敷に蒲団巻きにした荷を運び込んだ。

浅吉は、物陰から見届けた。そして、見届けた者が自分の他にもいるのに気付いた。

尾崎平内……。

下屋敷の向かい側にある下野国喜連川藩の江戸上屋敷の陰に尾崎平内が潜んでいた。

浅吉は緊張し、尾崎平内を見守った。

蒲団巻きの中の物は虎造か松川だ……。

尾崎は睨んだ。

善八は、捕らえた者を厳しく責め、他の者の居所を突き止めようとするに違いない。

だが、虎造と松川は、自分の住まいが明源寺の家作だとは知らない。知らない限り、突き止められる恐れはない。

尾崎は小さく笑った。

刹那、不吉な予感に襲われた。

尾崎は、うろたえながらも不吉な予感の正体を捜した。

虎造と松川は、自分の弱味を知っている……。

尾崎は微かな焦りを覚えた。そして、虎造や松川に知られている己の弱味を探した。

養生所……。

尾崎は思い出した。

虎造と松川を連れて小石川養生所に行ったのを思い出した。

尾崎の知り合いが、養生所の入室患者の中に居る……。

虎造であれ松川であれ、善八に厳しく責められて思い出すのに時は掛からない。

尾崎は、善八たち博奕打ちにおしまの存在を知られるのを恐れた。

不意に訪れた不吉な予感は、養生所にいるおしまが善八に知られる事なのだ。

猶予はならない……。

尾崎は事を急ぐ決心をした。


尾崎は動いた。

鶴野藩江戸下屋敷の前を離れ、根津権現の方に向かった。

何処に行くのか……。

浅吉は尾行を開始した。

尾崎は、足早に先を急いでいた。

浅吉は、尾崎の足取りに不安と焦りを感じた。


養生所周辺に不審な事はなく、不審な者もいなかった。

新吾は見廻りを続けた。そして、おしまに面会人が来たら必ず報せるように下男の宇平と介抱人のお鈴に頼んだ。

宇平とお鈴は、新吾から理由を聞き、緊張した面持ちで頷いた。

新吾は、養生所見廻り同心としての仕事に励んだ。

物置小屋は薄暗かった。

梁《はり》から吊り下げられた虎造は、骨の軋みと締め付けられる肉の痛みに悲鳴をあげた。

「何か思い出したか、虎造……」

善八は、楽しげに笑いながら虎造を見上げた。

「助けて……」

虎造は、賭場を荒したのを悔やみ、恥も外聞もなく許しを請うた。

「だから助けて欲しかったら、尾崎の事を何か思い出せと云ってんだよ」

善八は嘲笑い、竹の棒で虎造を激しく殴打した。虎造は悲鳴をあげて泣き喚いた。

「好きなだけ泣いて喚けばいい」

善八は、容赦なく虎造を打ち据えた。梁から吊り下げられた虎造の身体は、骨を軋ませて歪みながら廻った。

善八たち中間は、五人いる留守居の家来に金を握らせ、鶴野藩下屋敷を気儘《きまま》に使っていた。

「養生所だ……」

虎造は喉を引き攣らせた。

「なんだと……」

「尾崎、賭場を荒らした日、養生所に行った」

「養生所……」

善八は眉をひそめた。

「ああ……」

虎造は、血と汗と涙にまみれた顔で頷いた。


病人部屋見廻りの刻限になった。

尾崎がおしまを訪れた報せはなく、新吾は役人部屋を出た。

「神代さま……」

下男の宇平が、養生所の門外に出た新吾に駆け寄って来た。

「どうした」

「へい。裏木戸の処に、以前おしまさんの見舞いに来た浪人がいます」

宇平が眉をひそめた。

「来たか……」

尾崎平内は睨み通りに現れた。

新吾は裏木戸に急いだ。

裏木戸の外からは、養生所の庭が僅かに見えた。

尾崎は、僅かに見える庭におしまの姿を探した。だが、おしまの姿は見えなかった。

表門から行くしかない……。

尾崎は、そう覚悟を決めて表門に廻ろうと踵《きびす》を返した。

新吾がいた。

尾崎は、思わず怯んで足を止めた。

「やあ。尾崎さん……」

新吾は微笑んだ。

「神代さん……」

「今日、明源寺に行って来ましたよ」

「明源寺に……」

尾崎は僅かにうろたえた。

「ええ。おしまさんが心配しましてね。様子を見に……」

「そうでしたか……」

「そこで、御住職からいろいろ聞きましたよ。尾崎さんとおしまさんの昔の事を……」

新吾は告げた。

尾崎は、何気なく身構えた。

殺気が微かに放たれた。

新吾は、僅かに後退して間合いを取った。

「賭場を荒らしたのは、纏まった金が欲しかったからですか……」

「だったら、どうだと申すのです」

尾崎は、新吾を厳しく見据えた。

「別に……」

新吾は苦笑した。

尾崎は戸惑った。

「大名屋敷は町奉行所の支配違い。おまけに私は、定町廻りでも臨時廻りでもない養生所見廻り同心。探索をする立場にないし、賭場荒しには関わりありませんよ」

「神代さん……」

「ですが、尾崎さんたちの賭場荒しに遭った博奕打ちたちは、顔を潰されたと黙っちゃあいない。賭場荒しを捕らえて嬲り殺しにしない限り、裏渡世での信用を失い、生きては行けない。だから、貴方の立ち廻り先を追って養生所にやって来るかも知れません。その時、養生所は勿論、お医者や患者たちを護り、追い払うのも私の役目です。ですから、事情は知っておきたいと思いましてね」

「神代さん、私とおしまの昔の事、明源寺の明念さまに聞いたそうですね」

尾崎は、探る眼差しを新吾に向けた。

「はい。里子に出されたおしまさんの子供を探し、ようやく居場所を突き止めたとか……」

「ええ……」

「子供、健やかに育っていましたか」

「三歳になる男の子でしてね。元気一杯に駆け廻って遊んでいた」

尾崎は眼を細めた。

「そいつは良かった。おしまさんも喜ばれたでしょう」

新吾は嬉しげに笑った。

「久々だった。いや、何年振りだったか。おしまの笑顔を見たのは……」

「尾崎さん……」

「私が暇を出され、おしまが殿の側室にされた時に消えた笑顔がようやく戻った。

私はそう思った。そして、おしまはひと目、我が子に逢いたいと願った。ひと目でいい。子供が幸せに暮らしているのを、ひと目見られればいい。自分の病を知っているおしまは、そう願いました」

母親が我が子に逢いたがるのは当然だ。おまけに、労咳という不治の病に罹った身体だ。新吾は、おしまの気持ちが良く分かった。

「逢わせてやりたい。おしまがようやく取り戻してくれた笑顔を消したくない。

私はおしまの笑顔をもう失いたくない。せめて、生きている間は……」

尾崎は、己の気持ちを吐き出した。

「それで、纏まった金が入り用になったのですか」

「左様……」

尾崎は、賭場を荒らしたのを認めた。

「子供、何処にいたのですか」

「川越です……」

「川越……」

「ええ。土屋主水正《つちやもんどのしよう》さまの用人峰岸六郎左衛門《みねぎしろくろうざえもん》どのの家の祖は、川越藩吉見村で代々庄屋をしていてな。おしまの子供は、その庄屋の家の子として大切に育てられていた」

「土屋主水正さま……」

「左様、五千石取りの旗本で、私とおしまは父祖の代からの奉公人でした」

その土屋主水正が、おしまに横恋慕をして許婚の尾崎平内を邪魔者として放逐し、おしまを無理やり側室にしたのだ。

新吾は、土屋主水正に怒りを覚えずにはいられなかった。

「纏まった金は、川越に行く路銀ですか」

「それもあるが、一番はおしまです」

「おしまさん……」

「労咳に弱った身体。駕籠や舟を雇い、無理をせず、のんびりと川越に行くには、路銀がどのぐらい入り用になるか……」

尾崎は、北の空を眩しげに眺めた。

「事情は良く分かりました、尾崎さん。おしまさんが、川越までの道中に耐えられるかどうか、良哲先生に聞いてみましょう」

「だが、博奕打ちたちが、いつ此処に来るか」

尾崎は不安を過ぎらせた。

「そいつは引き受けます。明日にでも出立《しゅったつ》出来るといいんですがね」

新吾は微笑んだ。

「神代さん……」

「さっ。おしまさんが心配しています」

「かたじけない」

尾崎は、裏木戸から養生所に入って行った。

浅吉が、憮然とした様子で木陰から現れた。

「聞いたか……」

「ああ。気の毒な話だぜ」

「うん……」

新吾は頷いた。

四

小石川養生所は、夜の暗がりに覆われて寝静まっていた。

数人の男と一梃《ちよう》の町駕籠が、暗がりからやって来た。善八と四人の博奕打ちだった。

「女病人部屋に尾崎の居所を知っている女がいる。そいつを見つけて駕籠で連れ出す。いいな」

善八は、博奕打ちたちへ命じた。

「へい……」

博奕打ちたちは返事をし、薄汚い手拭で頬被りをした。そして、表門を抉じ開けようとした。刹那、表門が勢い良く開いた。

善八と博奕打ちたちは、思わず背後に飛び退いた。

新吾が、六尺棒を小脇に抱えて門内から出て来た。

「何だお前たちは、盗賊か」

新吾は一喝した。

「善八の兄い」

ふいを突かれた博奕打ちの一人が善八の方を振り向いた。

「くそっ」

善八と博奕打ちたちは、長脇差や匕首を抜き払った。

「面白い。やる気か」

新吾は、六尺棒を構えて猛然と善八と博奕打ちたちに突っ込んだ。

博奕打ちたちは、怒声をあげて長脇差を振り廻した。

新吾は六尺棒を唸らせ、一人の博奕打ちの肩を鋭く打ち据えた。肩の骨が折れる鈍い音が鳴り、博奕打ちは悲鳴をあげて倒れた。

駕籠《かご》舁《かき》は、駕籠を担いで慌てて逃げた。

「殺せ」

善八は怒り狂った。

博奕打ちたちは、長脇差や匕首を煌めかせて新吾に殺到した。新吾は、六尺棒を操って鋭く応戦した。

長脇差が煌めき、六尺棒が唸りをあげ、絡み合っては甲高い音を立てた。

砂利が弾け、草が千切れ、怒声が飛んだ。

博奕打ちの一人が向こう脛を打ち払われ、悲鳴をあげて転げ廻った。

残るは善八と博奕打ちが二人……。

新吾は、二人の博奕打ちに迫った。次の瞬間、善八が背後から新吾に斬り付けてきた。新吾は転がって躱し、六尺棒を背後に大きく振り廻しながら振り返った。

善八は、咄嗟に仰向けに倒れた。六尺棒は善八の鼻先を唸りをあげて過ぎた。新吾は立ち上がり、倒れている善八に六尺棒を振り上げた。善八は恐怖に顔を引き攣らせ、長脇差を激しく左右に振った。

新吾は思わず苦笑した。

刹那、二人の博奕打ちが左右から新吾に斬り付けて来た。

新吾は、咄嗟に六尺棒を地面に突き、右から斬り付けて来る博奕打ちに鋭い蹴りを浴びせた。そして、そのまま六尺棒を中心に回転し、左から来る博奕打ちに襲い掛かった。博奕打ちは驚き慌て、匕首を新吾に投げ付けた。新吾は六尺棒で打ち払った。

匕首は煌めきながら飛び、地面に落ちて甲高い音を鳴らした。

「さあ、来い。どうした……」

新吾は、捕縛術の稽古でもしているかのように楽しげに誘った。

博奕打ちたちは後退りした。

善八は、憎悪に溢れた眼で新吾を睨み、長脇差を構えていた。

「野郎……。殺れ、さっさと殺っちまえ」

善八は、博奕打ちたちに命じた。だが、博奕打ちたちは、顔を見合わせながら後退りして身を翻した。

「お、おい。どうした……」

善八は、慌てて博奕打ちたちを呼んだ。だが、博奕打ちたちは逃げ去った。

「馬鹿野郎が……」

善八は、悔しげに吐き棄てた。

「まだやるか、善八」

新吾は嘲笑を浮かべた。

「必ず殺してやる……」

善八は、新吾を睨み付けて身を翻し、夜の闇に逃げ去って行った。

新吾は、小さな息をついて構えを解いた。

「流石は捕縛術の達人、見事なもんだな」

浅吉が暗がりから現れた。

「それ程でもない……」

新吾は、照れ臭そうに笑った。

「善八に張り付くぜ」

「頼む」

浅吉は、善八を追って夜の闇に消えて行った。

新吾は苦笑して見送った。

「怪我はないか、新吾」

表門の傍に良哲と尾崎がいた。

「うん。大丈夫だ」

新吾は、五体を動かして怪我のないのを確認した。

「そいつは良かった。診察部屋に来てくれ」

「うん。外をひと廻りしてからな」

「分かった」

良哲は、養生所に戻って行った。

「神代さん……」

尾崎は新吾に頭を下げた。

「尾崎さん、奴らはこれでしばらく現れないでしょう」

「ええ……」

尾崎は頷いた。

「じゃあ、私は外をひと廻りして来ます」

新吾は、尾崎を残して裏木戸に向かった。

吹き抜ける夜風は、闘いで火照った五体を鎮めてくれた。


池之端仲町の居酒屋は客で賑わっていた。

善八は、湯呑茶碗の酒を喉を鳴らして飲み干した。そして、吐息をつきながら口元に零れた酒を手の甲で拭った。

「野郎、ぶち殺してやる……」

善八は、新吾への憎しみを浮かべて徳利の酒を湯呑茶碗に注いだ。

逃げた博奕打ちたちは、もう戻っては来ない……。

善八は、逃げた博奕打ちたちを罵り、邪魔をした新吾を呪って酒を呷《あお》った。

「おう。善八じゃあないか……」

入って来た客は、鶴野藩江戸下屋敷詰の家来の一人・和田紀一郎《わだきいちろう》だった。

「こりゃあ和田さま……」

善八は、煩わしげに挨拶をした。和田は、足軽長屋の賭場に時々出入りしていた。

「賭場が荒されたそうだな」

和田は薄笑いを浮かべた。

「ええ。ですが、今はもうそれどころじゃありませんぜ」

善八は、腹立たしげに吐き棄てた。

「ほう。どうかしたのか……」

和田は、善八に話を促した。

善八は、和田紀一郎が神道無念流《しんとうむねんりゅう》の使い手だったのを思い出した。

「和田さま、北町奉行所の養生所見廻り同心を一人、始末してくれませんかね」

善八は、上目遣いに和田を窺った。

「北町の養生所見廻り同心……」

和田は眉をひそめた。

「ええ。十両でどうです」

「十両だと……」

和田は、狡猾な笑みを浮かべた。

「じゃあ、十五両……」

「引き受けた」

和田は頷いた。

善八は、徳利の酒を勧めた。和田は、椀の蓋に酒を受けて飲み干した。

「で、養生所見廻り同心の名前は……」

「そいつはこれからですぜ」

「そうか……」

和田は手酌で酒を飲んだ。


店の隅にいた浅吉は、善八と和田が何事かの話を付けたのを見届けた。付けた話が何かは分からない。だが、たとえそれが何であってもすでに関わりはないのだ。

浅吉は、善八を見据えて酒を啜った。

居酒屋の賑わいは続いた。

燭台の明かりは小刻みに震えた。

「それでどうなんだ。良哲……」

新吾は尋ねた。

「川越まで十三里。今のおしまには辛い道中になる……」

良哲は眉をひそめた。

「無理か……」

「医者としては勧められない」

「良哲……」

「ま、駕籠と舟を使い、休息を充分に取りながらの道中なら許せるがな」

「そうか……」

新吾は顔を輝かせた。

「うん。だが、金が掛かるぞ」

良哲は心配した。

「良哲。何故、尾崎さんが賭場荒しをしたと思う」

新吾は小さく笑った。

「成る程、そいつが賭場荒しの狙いだったのか……」

「うん」

「ならば、お鈴さんと宇平を付き添わせるか」

良哲は提案した。

「いや。尾崎さんもおしまさんも、川越に行って二度と江戸には戻らぬ気だろう。俺は二人を出来るだけそっとしておいてやりたい」

新吾は静かに告げた。

「そうだな……」

良哲は頷いた。

下総国鶴野藩江戸下屋敷は夜の闇に沈んでいた。

善八と和田紀一郎が、下屋敷に戻って四半刻が過ぎた。

もう眠ったはずだ……。

浅吉は暗がりから現れ、身軽に塀の上に跳んだ。口減らしに見世物一座に売られ、親方に殴られながら仕込まれた軽業《かるわざ》は身体に染み込んだままだ。浅吉は苦笑し、下屋敷内に不審のないのを見届けて庭に降りた。そして、中間長屋に忍び寄った。

男の鼾《いびき》が聞こえていた。

浅吉は、鼾の聞こえてくる部屋に忍び込んだ。善八がだらしのない姿で寝ていた。

浅吉は、暗闇に潜んで善八の様子を窺った。

善八の鼾は一定の調子を保ち、僅かな変化もなかった。

深く眠っている……。

浅吉は、音もなく善八に忍び寄り、口を開けて鼾を掻いている善八の喉に右手を静かに当てた。いつの間にか右手に握られた剃刀が蒼白く光った。次の瞬間、浅吉は左手で善八の口を押さえ、右手を横に引いた。

これ以上、尾崎平内や新吾の邪魔はさせない……。

善八は、眼を見開いてもがいた。

浅吉は、蒲団を胸に当てて剃刀を引き切った。血が噴き出し、浅吉が胸に当てた蒲団を濡らした。

善八は絶命した。

浅吉は、噴き出した血に汚れた蒲団を善八に被せ、善八の部屋から忍び出た。

板橋の宿は、中仙道や川越街道に行き交う旅人で賑わっていた。

尾崎平内とおしまが、川越に出立する日が来た。新吾は、尾崎とおしまを板橋宿に見送る事にした。

尾崎は、問屋場でおしまの為に駕籠を雇った。

「それでは神代どの、いろいろ御造作をお掛け致し、まことにお世話になりました。この通りお礼を申し上げます」

尾崎とおしまは、新吾に深々と頭を下げた。

「いいえ。おしまさん、無事に子供に逢えるといいですね」

「はい。神代さま、いろいろありがとうございました」

「それより、良哲が持たせてくれた薬、忘れずに飲むんですよ」

「それはもう……」

おしまは、我が子に逢える喜びからか、微かに頬を輝かせていた。

「それでは神代どの……」

「道中、お気をつけて……」

尾崎は、雇った駕籠におしまを乗せ、板橋の宿を旅立った。

新吾は、石神井川に架かる板橋の袂に佇んで尾崎とおしまを見送った。

おしまは、川越藩吉見村の庄屋の家の子になっている我が子をひと目見て帰って来ると、新吾にはっきりと告げなかった。

おしまは、残り少ない生涯を我が子の近くで暮らし、見守っていくのが望みなのだ。そして、尾崎はそんなおしまに寄り添って生きて行く気なのだ。

新吾の勘はそう囁いていた。

尾崎平内とおしまは、石神井川に架かる板橋を渡り、新吾に最後の挨拶をして遠ざかって行った。

新吾は見送った。

隣に浅吉が佇んだ。

「おう……」

「もう、二度と帰って来ないかもしれねえな」

浅吉は淋しげに笑った。

「浅吉もそう思うか……」

「ああ。尾崎さんとおしまさんには、そいつが一番だと思うぜ」

浅吉は笑った。

「浅吉。善八、どうしている」

新吾は尋ねた。

「さあな。もう諦めたんじゃあねえのか」

浅吉は、善八を始末した事を新吾に告げてはいなかった。そして、鶴野藩江戸下屋敷の和田紀一郎たちは、中間頭の善八の悪行を熟知しており、その死を闇の彼方に葬った。

「それならいいが……」

「それにしても旗本の土屋主水正、このままにしておいていいのかい」

浅吉は怒りを滲ませた。

「下手に騒ぎ立てれば、尾崎さんとおしまさんの古傷を暴くだけだ。俺はそっとしておいてやりたい」

新吾は浅吉に告げた。

「分かった。じゃあ、せいぜい土屋の悪い噂を掻き集めて広めてやるか……」

浅吉は嘲笑った。

「うん……」

新吾と浅吉は、板橋の宿から小石川に戻り始めた。

「勝ってうれしや花一匁、負けてくやしや花一匁……」

茶店の前では、幼い子供たちが楽しげに子取り遊びをしていた。

「花一匁か……」

新吾は、楽しげに遊ぶ幼い子供たちを眩しげに眺めた。

第三話

嘘つき

一

金龍山浅草寺の境内は、参拝客や見物客で賑わっていた。

参拝を終えた手妻の浅吉は、境内の茶店で茶を飲みながら行き交う人々を眺めていた。

参拝を終えて境内を出て行く人々の中に、時々賭場で見掛ける若い男がいた。

若い男は、背が高く優しげな顔をした遊び人の清七《せいしち》だった。遊び人の清七は、数人の女に金を貢がせて博奕や女遊びをしている薄汚いひもだ。

清七は、仁王門を潜って雷門に向かった。

「お代、置いとくよ」

浅吉は、茶代を置いて清七を追った。

清七は、擦れ違う若い女に好色な眼を向けながら雷門を出た。雷門の前の広小路は大勢の人が行き交っていた。

清七は、広小路を横切って蔵前通りに入った。

浅吉は追った。

蔵前通りは、浅草広小路から神田川に架かる浅草御門に続いている。

清七は蔵前通りを進んだ。

駒形堂の屋根が行く手に見えた。

清七は、蔵前通りを小走りに進み、駒形堂の角を曲がって姿を消した。

浅吉は急いだ。

刹那、駒形堂の陰から男の悲鳴があがった。

浅吉は走った。そして、駒形堂の角を曲がった。駒形堂の裏手には清七が倒れ、十五、六歳の下女姿の娘が泣きながら大川沿いの道に駆け去るのが見えた。

浅吉は、倒れている清七に駆け寄った。清七は腹から血を流し、意識を失っていた。

「清七……」

浅吉は緊張した。同時に背後に人の気配が迫るのを感じた。

浅吉は、咄嗟に清七の傍から跳び退いて身構えた。

十手を持った岡っ引が浅吉と対峙した。そして、緋牡丹の絵柄の派手な半纏を着た男が清七の様子をみた。

「どうだ……」

岡っ引は、浅吉を見据えたまま派手な半纏の男に尋ねた。

「死んじゃあいねえが、腹を深く刺されている。危ねえぜ」

自身番の番人の平助《へいすけ》たちが駆け付けて来た。

「親分、鶴次郎さん」

「平助さん、医者を頼む。それから戸板だ」

鶴次郎は平助と自身番の者たちに頼んだ。

「合点だ」

平助と自身番の者たちは走り去った。

「誰がやった……」

岡っ引と鶴次郎と呼ばれた派手な半纏の男は、左右から浅吉に迫った。

浅吉は身構えた。

「神妙にしな」

岡っ引と鶴次郎は、飛び掛かろうと油断なく浅吉に迫った。

浅吉の右手の指先が僅かに動き、袖口に入り掛けた。

「止めときな。半次、鶴次郎……」

中年の町奉行所同心が現れた。

「旦那……」

半次と呼ばれた岡っ引と鶴次郎は戸惑った。

「右手の袖口に何か仕掛けがありそうだ」

中年の同心は苦笑した。

見破られた……。

浅吉は、いつも右手の袖口に剃刀を隠していた。中年の同心は、いとも簡単にそれを見破ったのだ。

浅吉は、突き上がる動揺を必死に抑えた。

「下手な真似をすると右手が飛ぶよ」

中年の同心は、苦笑しながら腰を僅かに沈めて抜き打ちの構えを見せた。

冗談じゃあねえ……。

浅吉は覚悟を決め、両手を僅かにあげてみせた。

「半次、鶴次郎……」

半次と鶴次郎は、浅吉を左右から押さえて右手の袖口に仕掛けてあった薄い剃刀を見つけた。

半次は、ぞっとした面持ちで剃刀を中年の同心に渡した。中年の同心は、剃刀を受け取って日差しに透かして見た。

「かなり血を吸っているようだね。預るよ」

中年の同心は、浅吉の剃刀を手拭に包んで懐に入れた。

浅吉は見守るしかなかった。

「半次の親分……」

自身番の者たちが戸板を持って来て、意識を失っている清七を乗せて連れ去った。

中年の同心は見送り、清七を振り返った。

「助かるといいんだがね。私は北町奉行所臨時廻り同心の白縫半兵衛」

中年の同心は名乗った。

聞いた事のある名前だ……。

浅吉はそう思った。

「お前、名前は……」

半兵衛は微笑んだ。

「浅吉……」

浅吉はつられるように答えた。

「そうか、浅吉か……」

浅吉は頷いた。

「清七、お前がやったのかい」

「いや……」

「じゃあ、誰がやった」

浅吉は、逃げ去る十五、六歳の娘の泣き顔を思い出した。

「知らねえ。あっしが来た時には、野郎が倒れているだけで誰もいなかった」

浅吉は、逃げ去った十五、六歳の娘の事を隠した。理由は、浅吉自身良く分からないが、娘の泣き顔がそうさせたのかも知れない。

「旦那……」

半次は、清七の悲鳴があがった後、浅吉が駒形堂に走ったのを半兵衛に告げた。

「そうか……」

半兵衛は頷いた。

「それから……」

鶴次郎は、半兵衛に何事かを囁いた。

半兵衛は、小さな笑みを浮かべて浅吉を見据えた。

「浅吉、お前が清七を刺したんじゃあないのは、良く分かったよ」

浅吉は戸惑った。

町方同心や岡っ引は、手柄をあげたいばかりに決め付けて来る事が多い。だが、半兵衛たちは違い、物事を正確に見ようとしている。

浅吉は、意外な思いに駆られた。

「だが、どうして清七を尾行《つけ》たんだい」

半次と鶴次郎は、浅吉が清七を尾行ていたのを知っていた。それは、半次と鶴次郎が、清七を尾行ていたから分かった事なのだ。

浅吉は、清七が半次と鶴次郎に尾行られていたのを知った。

「別に……」

「白縫さま……」

自身番の平助が駆け寄って来た。

「どうした」

「へい。刺された男、桂庵先生が手当てをしている最中に息を引き取りました」

遊び人の清七は死んだ。

「そうか。よし、半次、清七を頼む」

「はい。じゃあ……」

半次は、平助と自身番に向かった。

「聞いての通りだ、浅吉。お前と清七の関わり、どうして尾行たのかを詳しく聞かせて貰うよ」

半兵衛は、厳しい面持ちで告げた。


大番屋は江戸に七ヶ所あり、事件の容疑者や関係者を調べ、留置する処であり〝調べ番屋〟とも呼ばれていた。

半兵衛は、鶴次郎と共に浅吉を茅場町の大番屋に引き立てた。そして、大番屋の詮議場ではなく、小部屋に伴った。

浅吉は、半兵衛の扱いに戸惑った。

「さあ、聞かせて貰おう。どうして清七を尾行たりしたんだい」

「浅吉、お前は浅草寺の境内から清七を尾行始めた。そうだな」

鶴次郎は念を押した。

「旦那、親分、どうして清七を尾行ていたんですかい」

浅吉は眉をひそめた。

「実はな、浅吉。今、大店や旗本の娘や御新造の弱味を握っては、金を脅し取る一味がいてね。中には悲観して身投げをした娘もいるんだよ。清七は、その強請り一味の一人だと分かって、一味の者たちの洗い出しをしていたんだよ」

半兵衛は、隠し立てをしなかった。

「そうでしたか……」

「で、浅吉、お前はどうして清七を尾行たんだい……」

「清七は、女を食い物にして生きている野郎でしてね。また女を騙しに行くのかと思ってつい後を……」

「旦那……」

鶴次郎は半兵衛を窺った。

「うん。信じていいのかな。その話……」

半兵衛は苦笑した。

「旦那、あっしが信じられるかどうかは、養生所見廻り同心の神代新吾さんに聞いて下さい」

浅吉は告げた。

「ほう、新吾を知っているのかい」

半兵衛は、思わぬ名前の登場に戸惑った。

「はい」

浅吉は頷いた。

「旦那……」

「うん。鶴次郎、新吾に聞いて来てくれ」

「はい」

鶴次郎は小部屋を後にした。

「それで浅吉、新吾とはどうして知り合ったんだい」

「新吾さんは、あっしが旗本屋敷の中間たちに甚振《いたぶ》られていたところを助けてくれましてね。それで親しくなりました」

「そうか、旗本屋敷の中間にね……」

旗本家の中間は、主家の威光を笠に着る面倒な者たちであり、誰しも争うのを躊躇する。

だが、新吾なら平気でやりかねない……。

半兵衛は苦笑した。

岡っ引の本湊の半次は、清七の遺体を詳しく調べた。

財布には二枚の小判と小粒などが入っており、清七の羽振りの良さを窺わせた。

財布の他に所持品は手拭と匕首ぐらいであり、強請り一味の者たちを教えるような物は何一つ持ってはいなかった。

強請り一味に繋がる唯一の糸は切れてしまったのか……。

そして、誰が何故、清七を殺したのか……。

半次は、清七の暮らす浅草橋場町《はしばまち》の長屋を訪れ、家の中を詳しく調べた。だが、手掛かりになる物は何一つ見つからなかった。

養生所は患者たちで溢れていた。

鶴次郎は、役人部屋にいる神代新吾のもとを訪れた。

「やあ、鶴次郎さん、どこか具合でも悪くなりましたか」

新吾は、久し振りに逢った鶴次郎に笑い掛けた。

鶴次郎は、半兵衛の組屋敷に出入りしており、隣に住んでいる新吾とも親しく一緒に捕物もしていた。

「いいえ。お蔭さまで達者なもんですよ」

「じゃあ、私に何か用でも……」

「新吾さん、浅吉って男をご存知ですか」

鶴次郎はいきなり尋ねた。

「えっ……」

新吾は戸惑った。

「浅吉って剃刀を使う奴です」

「ええ。知っていますが、浅吉が何か……」

新吾は眉をひそめた。

「ちょいと殺しの一件に関わりましてね」

「殺しに……」

新吾は驚いた。

「ええ。殺されたのは、強請りの一味で、あっしたちが追っていたのですがね」

「浅吉は博奕打ちだけど、人を殺したり強請りを働くような奴ではありませんよ」

新吾は慌てた。

「安心して下さい。浅吉が殺しの下手人じゃあないのは、はっきりしていますから……」

鶴次郎は笑った。

「それならいいですが……」

新吾は安心した。

「新吾さん、浅吉、博奕打ちなんですか」

「ええ。元々は見世物一座で軽業や手妻をやっていたようですがね」

「手妻……」

鶴次郎は、着物の袖口に潜ませていた剃刀を思い出し、眉をひそめた。

「ええ。それで鶴次郎さん、浅吉は今何処にいるんですか」

新吾は尋ねた。

半兵衛は、二つの湯呑茶碗に茶を淹れ、その一つを浅吉に差し出した。

「こりゃあ畏れ入ります」

浅吉は戸惑った。

「なあに出涸らしだ。畏れ入ることはないよ」

半兵衛は、美味そうに茶を啜った。

浅吉は続いた。茶は温かく五体に染み渡った。

「それで浅吉、清七は賭場に大店の旦那や旗本の倅を連れて来たりしていたんだな」

「はい……」

「清七、賭場で親しくしていた奴はいなかったかな」

「確か一人いたかと思います」

「何処の誰かな……」

「松村陣十郎《まつむらじんじゅうろう》って浪人です」

「松村陣十郎か……。住まい分かるかな」

「いいえ」

「じゃあ、出入りしている賭場を当たるしかないかな」

半兵衛は思いを巡らせた。

「きっと……」

「旦那。鶴次郎です……」

部屋の外で鶴次郎の声がした。

「おお、戻ったかい」

「御免なすって……」

鶴次郎が、新吾と一緒に板戸を開けて入って来た。

「やあ、来たかい新吾」

半兵衛は新吾を迎えた。

「はい。やあ、浅吉……」

「造作を掛けちまって、申し訳ねえ……」

浅吉は新吾に詫びた。

「なあに、心配するな。半兵衛さん、浅吉は私の友垣《ともがき》でしてね。人柄は私が折り紙をつけます」

「うん。浅吉の人柄は良く分かったよ」

「そうですか……」

新吾は、安心したように笑った。

「うん。ま、話は聞かせて貰った。浅吉、今晩から松村陣十郎探しに付き合ってくれないかな」

「えっ……」

「旦那、松村陣十郎ってのは……」

鶴次郎は眉をひそめた。

「殺された清七と賭場で親しくしていた浪人だそうだ」

「成る程……」

半兵衛は、清七と親しかった浪人の松村陣十郎から強請りの一件を追い掛けようとしている。

鶴次郎は頷いた。

「いいですよ」

「じゃあ、どんな段取りで行けばいいかな」

半兵衛は、浅吉に段取りを任せた。

「暮六つに浅草寺の雷門で……」

「承知した」

半兵衛は頷いた。

「じゃあ、それまで浅吉は放免ですか」

新吾は笑った。

「うん」

「よし。浅吉、蕎麦でも食おう」

「旦那……」

浅吉は、半兵衛に許しを求めた。

「浅吉、お前は下手人でも清七の強請り仲間でもない。好きにして構わないよ」

「畏れ入ります。じゃあ……」

「うん。新吾、蕎麦屋の松月庵なら私のつけが利くよ」

「そいつはありがたい。ご馳走になります」

新吾と浅吉は出て行った。

「新吾さんに博奕打ちの友垣がいたとは……」

鶴次郎は笑った。

「鶴次郎、浅吉は何かを隠しているよ」

「旦那……」

鶴次郎は戸惑った。

「おそらく、清七を殺めた下手人だろう」

「じゃあ浅吉、下手人を見たんですね」

鶴次郎は眉をひそめた。

「きっとね。ひょっとしたら新吾が動くかも知れない。見張ってくれ」

「承知しました。じゃあ……」

鶴次郎は、蕎麦屋の『松月庵』に向かった。

新吾か……。

半兵衛は苦笑した。


夕暮れ前の蕎麦屋『松月庵』は客が少なかった。

新吾と浅吉は、酒を飲み蕎麦を啜った。

「大変だったな」

新吾は労った。

「いいや。白縫の旦那、きちんと話を聞いてくれて、良い人だな」

「うん。だけど、そいつが恐ろしい」

新吾は苦笑した。

「まったくだ。下手な嘘や誤魔化しはお見通しだぜ」

「うん。只の中年親父に見えるが、鋭い人だ」

「それにかなりの使い手だな」

「ああ見えても田宮流抜刀術の達人だよ」

「危ねえ危ねえ。商売道具の右手を斬り飛ばされるところだったぜ」

浅吉は、恐ろしげに右手を撫でた。

「それで、半兵衛さんに何もかも話したのか」

「一応はな……」

浅吉は、手酌で酒を飲んだ。

「一応は……」

新吾は眉をひそめた。

「実はな、清七の悲鳴を聞いて駒形堂の裏に行った時、十五、六歳の奉公人のような娘が逃げて行ったんだ」

「奉公人のような娘……」

「うん。泣きながらな……」

「浅吉、そいつを何故、半兵衛さんに云わなかったんだ」

「清七の野郎は、女を食い物にして強請りを働くようなろくでなし。娘はきっと僅かな給金で一生懸命に働いている奉公人。そして、騙された恨みか何かで清七を殺めちまった」

浅吉は、酒を啜りながら読んでみせた。

「それで、お縄にさせたくなかったか……」

「ああ。だが、本当のところは分からない」

浅吉は苦笑した。

「よし。じゃあ俺がその娘を探してみるよ」

「新吾さんが……」

「うん。お前は半兵衛さんと松村陣十郎探しだ。俺がやるしかあるまい」

「そうか、そうしてくれるか……」

「うん。娘の様子、詳しく教えてくれ」

新吾は手酌で酒を飲んだ。

二

半刻が過ぎ、陽は西に傾き始めた。

浅吉が蕎麦屋『松月庵』から現れ、楓川《もみじがわ》に架かる海賊橋に向かった。

それから日本橋川に架かる江戸橋を渡って両国に抜け、蔵前通りを浅草に向かうはずだ。

鶴次郎は物陰に潜み、小走りに海賊橋を渡って行く浅吉を見送った。

僅かな時が過ぎ、新吾が『松月庵』から出て来た。

大番屋のある茅場町から八丁堀北島町の組屋敷は近い。

組屋敷に帰る……。

鶴次郎がそう思った時、新吾は反対側の海賊橋に向かった。

半兵衛の旦那の睨み通りだ……。

鶴次郎は新吾を追った。


浅草寺の鐘が暮六つを告げた。

夏の夕暮れ時はまだ明るく、浅草寺雷門前の広小路に人々は行き交っていた。

浅吉は雷門の前に佇んだ。

「来たかい……」

半兵衛は巻羽織を脱ぎ、職人を装った半次を連れて雷神の背後から現れた。

浅吉は目礼した。

「こっちは一緒に働いてくれている本湊の半次だよ」

半兵衛は、浅吉に半次を引き合わせた。

「はい……」

浅吉は、半次に頭を下げた。

「新吾さんの知り合いだったとはな。頼りにしているぜ」

半次は親しげに笑った。

「はい……」

浅吉は頷いた。

「さあて、貧乏御家人の親父と職人、何処の賭場に案内してくれるのかな」

半兵衛は浅吉を促した。

「はい。こちらへ……」

浅吉は、半兵衛と半次を案内して広小路から東本願寺の裏手に向かった。


夕陽は大川の流れを赤く染めていた。

新吾は、駒形堂の裏に佇んで辺りを見廻した。北に駒形町と材木町の町並みと吾妻橋、西に東本願寺の伽藍、南に公儀浅草御蔵の大屋根の連なり、東に大川と本所が見える。

新吾は、駒形町と材木町の町並み、大川に架かる吾妻橋を見つめた。
十五、六歳の奉公人の娘は、駒形堂の裏から大川沿いの道を北にある吾妻橋に向かって逃げ去った。
逃げた先は駒形堂から遠くはない……。

それが浅吉の睨みだった。

駒形堂から遠くはない処に奉公している十五、六歳の娘……。

新吾は、駒形町の自身番に向かった。

鶴次郎は、物陰伝いに慎重に尾行した。

新吾は、駒形町の自身番に入った。

鶴次郎は物陰に潜んだ。

浅吉は、やはり何かを隠しており、それを新吾に教えた。そして、新吾は駒形堂の清七が刺された場所に来た。

清七を殺した下手人を探している……。

鶴次郎の勘が囁いた。

浅吉は、清七を刺して逃げる下手人を見たのだ。そして、何故かその事実を半兵衛に内緒にして新吾に話した。新吾もそれを半兵衛に告げず、秘密裏に動いた。

何故だ……。

新吾は半兵衛を深く信頼し、定町廻り・臨時廻り・隠密廻りの〝三廻り同心〟になるのを望んでいる若者だ。

それなのに何故、半兵衛に内緒で動いているのだ……。

鶴次郎は困惑した。

自身番から新吾が出て来た。そして、材木町に向かった。

鶴次郎は自身番に入った。


「神代さまですか……」

番人の平助は、戸惑いを浮かべた。

「ええ。ここに何しに来たんだい」

「それが、町内に十五、六歳の奉公人の娘がいないかって……」

「十五、六歳の奉公人の娘……」

鶴次郎は眉をひそめた。

「ええ。ですが何分にも、そんな奉公人の娘は大勢いるからねえ」

平助は困惑を見せた。

「そりゃあそうだな」

「ああ。町内のお店に住み込みで何人かいるけど、違う町に住んでいる通いの奉公人もいるしねえ」

平助は首を捻った。

新吾は、十五、六歳の奉公人の娘を探している。

その娘が、浅吉の見た清七殺しの下手人なのか……。

鶴次郎は、意外な思いに駆られた。

材木町の自身番でも満足な結果は得られなかった。

「そうか……」

新吾は肩を落とした。
十五、六歳で奉公人の娘という事だけでは、雲を掴むような話なのだ。
「やはり無理なのかな……」

新吾は吐息を洩らした。

「他に何か目立つところがあれば別なんですがね」

材木町の自身番の店番や番人は、気の毒そうに眉をひそめて見せた。

「そうだな……」

新吾は頷くしかなかった。

「いや。造作を掛けた」

新吾は店番や番人に礼を述べ、重い足取りで材木町の自身番を出た。

大川は夕暮れに覆われていた。

新吾は岸辺に佇み、大川の流れを眺めた。

大川の流れには、行き交う舟の船行燈が揺れていた。


東本願寺の西側には、下谷竜泉寺町の田畑から浅草御蔵の脇から大川に流れ込む新堀川がある。

浅吉は、半兵衛と半次を案内して新堀川に架かる小橋を渡り、小さな古寺の裏手に廻った。そして、裏門から庭に入った。庭の隅に小さな家作があり、若い博奕打ちが見張りに立っていた。

「どちらさんで……」

「手妻の浅吉だぜ」

「こりゃあお久し振りで。そちらさまは……」

「お世話になっている御家人の旦那と親方だ」

「遊ばせて貰うよ」

半次が、若い博奕打ちに素早く小粒を握らせた。

「こりゃあどうも。さあ、どうぞ……」

浅吉は、半兵衛や半次と家作の中の賭場に入った。

賭場はすでに男たちの熱気が溢れていた。

「いるかい、松村陣十郎……」

半次は、盆茣蓙を囲む客を見廻した。

「いいえ、いません」

浅吉は眉をひそめた。

「半次、焦りは禁物だよ。浅吉、こいつでちょいと遊んでみよう」

半兵衛は、楽しげな面持ちで二枚の一分金を浅吉に渡した。


小半刻が過ぎた。

半兵衛と半次、そして浅吉は、大して勝ちも負けもせずに駒を張っていた。

「旦那、親分……」

浅吉が盆茣蓙の端を示した。

痩せた浪人が、盆茣蓙の端に座って駒を張り始めた。

「野郎です」

痩せた浪人は松村陣十郎だった。

「うん……」

半兵衛と半次は、それとなく松村陣十郎を窺った。

松村陣十郎は、落ち着いた風情で博奕を楽しんでいた。

「清七が殺された事、知らないようですね」

半次は、半兵衛に囁いた。

「うん……」

松村は、負けが込んでも苛立たず、鷹揚に駒を張っていた。

「金廻り、良さそうだね」

半兵衛は苦笑した。

半兵衛と半次は、浅吉を残して賭場を出た。

「強請りの一味ですかね」

「きっとね……」

半兵衛は頷いた。

「じゃあ、張り付いてみる値打ちがありそうですね」

半次は、嬉しげに笑った。

「うん。先ずは松村に張り付いて、強請り一味の奴らの割り出しを急ぐしかあるまい」

「はい……」

浅吉が賭場から出て来た。

「どうした」

「松村の野郎が帰ります」

浅吉は囁いた。

「早いな……」

半次は眉をひそめた。

「若い衆に清七の事を聞いていました。来ないのが気になったのかもしれません」

「成る程。浅吉、いろいろ世話になったね。もう引き取ってくれてもいいよ。あとはこっちでやるよ」

半兵衛は、浅吉に礼を云って労った。

「そうですか。じゃあ、あっしはこれで。御免なすって……」

浅吉は、半兵衛と半次に目礼して身を翻した。

半兵衛は、夜の暗がりに足早に立ち去って行く浅吉を見送った。

「旦那……」

半次が囁いた。半兵衛は素早く物陰の暗がりに隠れた。

松村陣十郎が、小さな古寺の裏門から出て来た。

半兵衛と半次は見守った。

松村陣十郎は、新堀川に架かっている小橋を渡り、浅草寺の裏手を隅田川に向かった。

何処に行くのか……。

半兵衛と半次は、松村陣十郎を暗がり伝いに追った。

夜の隅田川には屋根船が行き交い、三味線や太鼓の音色が響いていた。

松村陣十郎は、浅草寺の裏から隅田川沿いの道に出て今戸町に向かった。

「松村の野郎、橋場の清七の家に行く気なのかも知れません」

半次は睨んだ。

「きっとな……」

半兵衛は頷いた。

松村陣十郎は、足早に今戸町を通り過ぎて橋場町に入った。やはり、橋場町にある清七の長屋に向かっているのだ。

松村陣十郎は、清七が死んだと知ったらどうするか……。

半兵衛は、松村陣十郎の出方に思いを馳せた。

松村陣十郎は、橋場町の長屋で清七が殺された事を知った。そして、血相を変えて、来た道を足早に戻り始めた。

半兵衛と半次は、慎重に尾行を続けた。

湯島天神男坂の下にある居酒屋『布袋屋』からは、明かりと楽しげな笑い声が洩れていた。

鶴次郎は、物陰から『布袋屋』を見守っていた。
新吾が『布袋屋』に入って半刻が過ぎた。
誰かと待ち合わせをしている……。
鶴次郎はそう睨んでいた。
明神下の通りから男が小走りにやって来た。
浅吉だった。
新吾は、浅吉と待ち合わせをしていたのだ。
浅吉は、居酒屋『布袋屋』の腰高障子を開けた。
「いらっしゃい……」
店の亭主が嗄れ声で迎えた。
浅吉は『布袋屋』に入り、腰高障子を後手に閉めた。
新吾と浅吉は、密かに清七殺しの下手人を追っている。
鶴次郎は見届けた。

居酒屋『布袋屋』では、大工の棟梁や小間物屋の隠居などの常連客が楽しげに酒を飲んでいた。

新吾と浅吉は、奥の小座敷に上がっていた。

「十五、六歳の娘、分からないか……」

浅吉は酒を飲んだ。

「うん。駒形町と材木町の自身番の者に聞いた限りでは、十五、六歳の奉公人の娘、大勢いてね。他に何か人と違う目立ったところがないと探すのは難しいな」

新吾は、手酌で酒を飲んだ。

「そうか……」

浅吉は眉をひそめた。

「それで、松村陣十郎の方はどうだった」

新吾は酒を飲んだ。

「うん。賭場で見つけた。今、白縫の旦那と半次の親分が後を追っているはずだぜ」

「松村、本当に清七の強請り仲間なのかな」

「いつもは金がなくてしみったれた博奕を打つ癖に、今夜はやけに鷹揚だった」

「じゃあ……」

新吾は身を乗り出した。

「ああ。おそらく白縫の旦那たちの睨み通りだろうぜ」

浅吉は笑った。

「強請りの一味か……」

「間違いねえだろうな」

「そうか……」

新吾と浅吉は、各々手酌で酒を飲んだ。

「それにしてもその娘、どうして清七を刺したのかな」

新吾は眉をひそめた。

「それなんだよな」

浅吉は吐息を洩らした。

「ひょっとしたら、清七が半兵衛さんに眼を付けられたのを知り、口を封じた……」

新吾は、一つの睨みを口にした。

「娘が強請りの一味だっていうのか」

「それとも頼まれたか……」

「そいつはないだろう」

浅吉は苦笑した。

「まあな……」

新吾は笑った。

「新吾さん、こいつは恨みじゃあねえかな」

「恨み……」

「ああ。清七は女を食い物にしているひもだ。そいつを恨んでの一件かも知れねえ」

「しかし、相手は十五、六歳の娘だ。清七が相手にするかな」

「新吾さん、その娘に縁のある女が、清七に食い物にされた挙句、酷い目に遭っていたらどうする」

浅吉は睨んだ。

「恨んで刺したか……」

「ありえないかな」

「いや。ある」

新吾は頷いた。

「だとしたら、清七に食い物にされた女を調べるか……」

「うん。清七を刺した娘は、その女の周囲に必ずいるはずだ」

「ああ……」

浅吉は頷き、酒を飲んだ。

「それにしても、清七に酷い目に遭わされた女をどうやって探すかだな……」

新吾と浅吉は、探す手立てに思いを巡らせた。

行燈の明かりは、油がなくなったのか音を鳴らして小刻みに瞬いた。


燭台に灯された火は、組屋敷の台所を仄かに照らした。

「十五、六歳の奉公人の娘……」

半兵衛は、着替えながら眉をひそめた。

「ええ。新吾さんと浅吉、どうやらその娘を探しています」

鶴次郎は、湯呑茶碗に酒を満たして半兵衛に差し出した。

「その娘が清七を刺したのかな……」

半兵衛は、火の気のない囲炉裏端に座って湯呑茶碗の酒を啜った。

「少なくとも、新吾さんたちはそう睨んでいるようです」

「うん……」

「どうします」

鶴次郎は眉をひそめた。

「そうだねえ。仮にその娘が清七殺しの下手人だとしたら、新吾と浅吉、探し出してどうするつもりなのかな」

半兵衛は、微かな懸念を過ぎらせた。

「そりゃあもう、お縄にしてお上に……」

「それでいいのかな」

半兵衛は、鶴次郎の言葉を遮った。

「旦那……」

鶴次郎は、手にしていた酒の入った湯呑茶碗を置いた。

「ま、しばらく様子をみるしかあるまい」

「分かりました。で、松村陣十郎、どうなりました」

「半次が張り付いたよ」

「強請りの一味に間違いありませんか……」

「おそらくね」

「じゃあ、あっしもこれから半次の処に……」

「うん。酒と夜食を持っていってやってくれ」

半兵衛は、鶴次郎に一両小判を差し出した。

「承知しました。戴きます」

鶴次郎は、一両小判を懐に仕舞った。


朝、小石川養生所には通いの患者が列をなしていた。

新吾は、病人部屋の見廻りをしていた。

介抱人のお鈴は、女病人部屋の一室から煎じ薬の入った土瓶などを持って出て来た。

「やあ、お鈴さん……」

新吾は、お鈴が出て来た女病人部屋の中を窺った。

女病人部屋には、三日前に心の臓の病で担ぎ込まれたおみよが寝ていた。

「具合、どうだ」

新吾はおみよを指した。

「時々、意識は戻るのですが……」

お鈴は、哀しげに首を横に振った。

「そうか……」

おみよは、不忍池の畔の料理屋で仲居をしている二十四歳の女だ。本道医の小川良哲の診立てでは、おみよの心の臓の病は手の施しようのない状態だった。

これほど悪くなるまで、どうして働き続けたのだ……。

その時、良哲は腹立たしい思いを口にしていた。

おみよの心の臓は、今や死に向かって鼓動を打っているのに過ぎなかった。

「家族か誰か見舞いに来たか」

「一昨日、妹さんが来ただけですよ」

「そうか……」

新吾は、二十四歳の若さで死の淵に立たされたおみよを哀れまずにはいられなかった。

三

清七殺しから一夜明けた駒形堂は、何事もなかったかのように静かだった。

浅吉は、十五、六歳の奉公人の娘を駒形堂界隈の大店や屋敷に探した。だが、泣きながら駒形堂の陰に逃げ去った娘を見つける事は出来なかった。

浅吉は娘を探し続けた。そして、ある噂を聞いた。

噂は、材木町の米問屋『井筒屋』の下女が行方知れずになったというものだった。

行方知れずになった下女……。

浅吉は、米問屋『井筒屋』に向かった。

米問屋『井筒屋』は、材木町の外れ、大川に架かる吾妻橋の西詰に店を構えていた。

浅吉は、周囲に聞き込みを掛けた。

行方知れずになった下女は、おしんという名前の十五歳の娘だった。

ひょっとしたら……。

浅吉は、米問屋『井筒屋』の様子を窺った。

米問屋『井筒屋』は、吾妻橋の近くに船着場を持つほど繁盛しており、番頭以下大勢の奉公人がいた。

米問屋『井筒屋』の裏手から下男らしい老爺が現れ、浅草広小路の雑踏を東本願寺に向かった。

浅吉は追った。

老下男は東本願寺を訪れ、納所坊主《なつしよぼうず》に手紙を届けた。

使いを終えた老下男は、東本願寺を出て、来た道を戻り始めた。

浅吉は呼び止めた。

「なんだい」

老下男は眉をひそめた。

「父っつぁん、米問屋井筒屋さんの人だね」

浅吉は笑い掛けた。

「ああ。そうだが、お前さんは……」

老下男は、浅吉に怪訝な眼を向けた。

「行方知れずになった下女の事、ちょいと教えちゃあくれないかな」

浅吉は、老下男に素早く小粒を握らせて蕎麦屋に誘った。

老下男は小粒を固く握り締め、歯の抜けた口元をほころばせた。

米問屋『井筒屋』の下女のおしんは、行方知れずになったままだった。

老下男は歯のない口で酒を啜り、嬉しげに笑った。

「それで、下女のおしん、どうして行方知れずになったのか分かったのかい」

浅吉は尋ねた。

「さあな……」

「じゃあ、おしんに何か変わった事はなかったかな」

「変わった事か。そういえばおしん、いなくなった昨日の昼前、何処かに行って血相を変えて帰って来たな」

「血相を変えて帰って来た」

浅吉は眉をひそめた。

「ああ……」

昨日の昼前、下女のおしんは出先から血相を変えて戻り、いつの間にかいなくなっていた。

どうしたのだ……。

浅吉は、おしんの行動が分からなかった。

「おしん、住み込みの奉公人だね」

「ああ……」

「実家は何処かな」

「二親は子供の頃に亡くなり、おみよって姉ちゃんが入谷にいるらしいぜ」

「おしんがいなくなってから、そこには行ってみたのかい」

浅吉は、老下男の猪口に酒を注いだ。

「すまねえな。姉ちゃんの家には手代が行ったが、家には誰もいなかったそうだ」

老下男は、猪口の酒を啜った。

「姉ちゃんの家、入谷の何処だい」

「正弦寺裏の椿長屋だそうだ」

「正弦寺裏の椿長屋ね……」

「ああ。で、何処を探してもいなくてな。手代や若い者たちは、男と駆け落ちでもしたんじゃあねえかと云い出し、番頭さんもしばらく様子を見ようってな」

「そうか……」

米問屋『井筒屋』は、おしん探しを中断していた。

おしんは、清七を刺して泣きながら逃げた娘なのか……。

浅吉は、おしんを探す事にした。

通いの患者の診察も一段落し、養生所は昼飯時になった。

新吾は、台所に昼飯を食べに行った。

台所では良哲や外科医の大木俊道、介抱人、下男の宇平たち手の空いた者が昼飯を食べていた。新吾は、良哲の隣で昼飯を食べ始めた。

「おみよ、助からないか……」

新吾は、良哲に尋ねた。

「手遅れだ」

良哲は新吾を一瞥し、腹立たしげに味噌汁を啜った。

「心の臓、元々弱かったのかな」

「ああ。その上に働き過ぎの無理のし過ぎだ」

良哲は、憮然とした面持ちで飯を食べ続けた。

「良哲先生、腹を立てながら飯を食べるのは身体に良くありませんよ」

俊道は、飯を食べ終えて茶を啜った。

「分かっています」

良哲は、飯に味噌汁の残りを掛けてかき込んだ。

新吾は苦笑した。

「身体を壊してまで男に貢ぐとはどうかしている」

「男に金を貢いだ……」

新吾は眉をひそめた。

「うん。妹がそう云って、泣いて怒っていた」

良哲は茶を啜った。

「妹……」

「おみよのたった一人の身寄りだ」

「妹、歳は幾つぐらいだ」

「十五、六歳だ」

「十五、六歳だと……」

新吾の脳裏に、清七を刺した娘の姿が過ぎった。

「おみよが通い奉公をしている料理屋から報せを受け、駆け付けて来たそうでな」

「妹、仕事は何をしているんだ」

「確か、何処かの大店で下女奉公をしていると聞いた」

「下女奉公。名前は……」

「名前……」

良哲は戸惑った。

「そうだ。妹、名前は何ていうんだ」

新吾は身を乗り出した。

「さあ……」

良哲は首を捻った。

「聞いていないのか……」

新吾は、良哲に苛立たしさを覚えた。

おみよは、心の臓が悪いのに働き詰め、男に金を貢いで死の淵に落ちた。その おみよのたった一人の身寄りである妹は、十五、六歳で大店に下女奉公をしている。

まさか……。

新吾は、呆然として言葉を失った。

入谷正弦寺は、鬼子母神の近くにあった。

浅吉は、正弦寺の裏手にある椿長屋に向かった。

木戸に椿の古木のある長屋には、行商の金魚売りの売り声が響いて来ていた。

浅吉は、長屋の奥のおみよの家に向かった。

おみよの家は戸締りがしてあり、静けさに包まれていた。

「おみよさん……」

浅吉は、腰高障子を小さく叩いておみよを呼んだ。だが、返事はなかった。

留守……。

仕事に行っているのかも知れない。

浅吉は家の中の様子を窺った。

人の気配が微かに過ぎった……。

浅吉はそう感じ、確かめようとした。だが、人の気配を捉える事は出来なかった。

気のせいか……。

浅吉は吐息を洩らした。

長屋のおかみさんが現れ、井戸端で洗い物を始めた。

「おかみさん、ちょいとお聞きしますが、おみよさん、どちらに行っているのかご存知ですかい」

「おみよさん……」

おかみさんは、洗い物をしながら胡散臭げに浅吉を見た。

「ええ」

「お前さん何処の誰なのさ」

「ああ、こいつはご無礼しました。あっしは北の御番所の白縫さまの御用を勤めている者にございましてね」

浅吉は、半兵衛の名を出した。

「あら、親分さんだったのかい」

「えっ、ええ……」

浅吉は、躊躇いがちに頷いた。

「おみよさんなら、池之端の葉月って料理屋の仲居をしていてね。そこに行っているんじゃあないかな」

「池之端の葉月か」

「ええ」

「かたじけねえ」

浅吉は、おかみさんに礼を云い、椿長屋を後にした。

湯島天神門前町に小料理屋の『梅や』はあった。

半次と鶴次郎は、松村陣十郎が開店前の小料理屋『梅や』に入るのを見届けた。

鶴次郎は『梅や』の見張りに付き、半次は周辺に聞き込みを掛けた。

鶴次郎が見張りに付いてから、『梅や』には遊び人風の若い男が訪れた。

半次が聞き込みから戻って来た。

「梅やには年増の女将と年寄りの板前がいてな。松村陣十郎、年増の女将と出来ていると、専らの噂だぜ」

半次は苦笑した。

「そんなところだろうな」

遊び人風の若い男が、小料理屋『梅や』から出て来て本郷に向かった。

「何だ、野郎」

半次が眉をひそめた。

「ちょいと尾行てみるぜ」

鶴次郎は、遊び人風の若い男を追った。

半次は、鶴次郎に代わって小料理屋『梅や』の見張りを始めた。

不忍池は煌めき、微風に揺れていた。

料理屋『葉月』は、揺れる木洩れ日を浴びていた。

新吾は、料理屋『葉月』の女将を訪れて身分を告げた。

「どうぞ……」

女将は、新吾を座敷に通して茶を差し出した。

「かたじけない……」

「それで、おみよの具合、如何なんですか」

「かなり重いようだ」

新吾は言葉を濁した。

「それより女将。おみよには妹がいると聞いたが、知っているか」

「そりゃあもう……」

「知っているなら教えてくれ」

「はあ、妹はおしんちゃんといいましてね。浅草材木町の米問屋の井筒屋に奉公していますよ」

「浅草材木町の米問屋に奉公しているおしんか……」

「はい……」

女将は頷いた。

「女将、おみよには男がいると聞いたが、知っているか……」

「えっ、まあ……」

女将は眉を曇らせた。

「何処の何て奴だ」

「それが、おみよ、何処が気に入ったのか知らないけど、清七って半端な奴に惚れちまってね。お金を貢いで……。本当に馬鹿なんですよ」

女将は悔しさを滲ませた。

「清七……」

新吾は息を飲んだ。

おみよが身を粉にして金を稼ぎ、貢いでいた男は清七だった。そして、妹のおしんは、姉のおみよを死の淵に追い込んだ清七を恨み、駒形堂で刺した……。

新吾は、眼の前の扉がようやく開いた思いに駆られた。

清七殺しの真相に近づいた。

料理屋『葉月』を後にした新吾は、不忍池の畔の道を浅草に急いだ。

不忍池から浅草材木町は遠くはない。

新吾は、不忍池の畔の道を下谷広小路に急いだ。そして、下谷広小路から来る浅吉に気が付いた。

「浅吉……」

新吾は、浅吉に怪訝な眼差しを向けた。

「やあ、新吾さん……」

「どこに行くんだ」

新吾は眉をひそめた。

「おしんって娘が浮かんでな。その娘の姉さんに逢いに来たんだぜ」

新吾は、浅吉も事件の真相に確実に迫っているのを知った。


湯島天神門前町の小料理屋『梅や』は、店の表の掃除もせずに戸を閉めたままだった。

松村陣十郎は、小料理屋『梅や』を出ることはなかった。

半次は、見張りを続けた。

鶴次郎が戻って来た。

「野郎、どうした」

半次は眉をひそめた。

「本郷菊坂にある町の剣術道場に行き、人相の悪い二人の浪人を呼び出して、今此処に連れてくるぜ」

「じゃあ、松村と浪人二人、それに呼びに行った若い野郎が強請りの一味か……」

「ああ、それに清七を入れた五人が強請りを働いていたんだろう」

遊び人風の若い男が、二人の浪人を連れて小料理屋『梅や』に戻って来た。

半次と鶴次郎は、物陰に潜んで見守った。

下谷広小路の蕎麦屋は、浅草寺の参拝客や遊興客で賑わっていた。

新吾と浅吉は、蕎麦を啜りながら清七殺しを整理した。

清七は、おみよに金をせびり続けた。おみよは、心の臓が弱いのにも拘わらず身を粉にして働き、清七に貢いだ。そして、おみよは心の臓の発作で倒れ、養生所に担ぎ込まれた。

おみよの妹のおしんは、清七を恨んで刺し、奉公先の米問屋『井筒屋』から姿を消した。

新吾と浅吉は、清七殺しの真相をそう読んだ。

「で、どうする」

浅吉は、蕎麦を食べ終えて茶を飲んだ。

「おしんを探すしかあるまい」

「探してお上に突き出すか……」

「まあな……」

新吾は、蕎麦を食べ終えた。

「そいつはどうかな」

浅吉は、厳しい眼で新吾を一瞥した。

「浅吉……」

新吾は箸を置いた。

「正直に云って、おしんをお縄にしてお上に引き渡すのなら、俺は手を引くぜ」

「えっ……」

新吾は戸惑った。

「俺には女を食い物にしている清七の命より、真面目に働いているおしんの命の方が重い。それに、おしんの気持ちを大切にしてやりたい」

浅吉は、新吾を見据えて告げた。

「浅吉、お前の気持ちは俺も分かる。しかし、人を殺めた罪を見逃せはしない」

「新吾さん……」

「浅吉、お上にも情けはある。おしんがお縄になっても死罪になるとは限らないぞ」

「たとえ死罪にならなくても、島流しか永牢だ。それは、おしんに死ねって事だ」

「浅吉……」

新吾は困惑した。

「新吾さん、所詮、お前さんは侍で役人だ。弱い者の気持ちなんて分かりゃあしねえ」

浅吉は、皮肉な笑みを浮かべた。

「違う。俺はおしんに罪を償い、綺麗な身体になってやり直して欲しいんだ」

新吾は焦った。

「本当にそうかな……」

浅吉は嘲りを滲ませた。

「浅吉」

新吾は苛立った。

「新吾さん、お前さんがおしんを捕らえて手柄をあげたいのなら、俺はおしんを逃がしてやる」

浅吉は、蕎麦代を置いて座を立った。

「待て……」

新吾は、慌てて呼び止めた。だが、浅吉は振り向きもせず、蕎麦屋から出て行った。

「浅吉……」

新吾は、深々と吐息を洩らした。

湯島天神門前町の小料理屋『梅や』は、年増の女将がようやく表廻りの掃除を始めた。

半次は、斜向《はすむ》かいにある煮売台屋《にうりだいや》の二階の座敷から『梅や』を見張った。

煮売台屋とは、飯や魚や野菜を煮て売る仕出屋だ。

階段をあがって来る足音がし、鶴次郎が半兵衛と初老の旦那風の男を伴って来た。

「こりゃあ旦那……」

「ご苦労だね、半次」

半兵衛は半次を労った。

「そちらさまは……」

半次は、初老の旦那風の男に怪訝な眼差しを向けた。

「うん。日本橋室町の呉服屋丸富屋の旦那の彦兵衛《ひこべえ》さんだ」

半兵衛は、半次に初老の旦那風の男を紹介した。

「丸富屋彦兵衛にございます」

彦兵衛は、半次に深々と頭を下げた。

「こいつはご丁寧に、半次です」

「半次。彦兵衛さん、清七たちに強請られているんだよ」

「それはそれは……」

「半次の親分さん、お恥ずかしい話ですが、手前の嫁入り前の娘が、男遊びが過ぎて身籠りまして……」

彦兵衛は、苦しげに顔を歪めて手拭で額の汗を拭った。

「彦兵衛さんは、娘に赤ん坊を産ませて里子に出し、密かに片付けた。だが、清七と浪人が嗅ぎ付け、黙っていて欲しければ百両出せと強請って来た。そうだね、彦兵衛さん」

「左様にございます」

彦兵衛は、恥ずかしさに吹き出る汗を拭った。

「それで、清七と一緒に強請りを掛けて来た浪人が、松村陣十郎じゃあないかと思ってね」

半兵衛は、彦兵衛に面通しをさせようとしていた。

「さあて、どうなるか……」

半兵衛は、楽しそうに笑った。

四

どうすりゃあいいんだ……。

新吾は困惑した。

浅吉の云う事も分かる。だが、人を殺めた者を放っておくわけにはいかない。

とにかく、おしんを探し出さなければならない。だが、浅吉の話では、おしんが何処にいるのかは分からないのだ。

おしんは何処にいるのか……。

新吾は思いを巡らせた。

おしんは、一番安心出来る場所に潜んでいる。

新吾は、不意におみよを思い出した。

おしんが一番安心出来る相手は、血の繋がった姉のおみよに違いない。だとしたら、おしんは姉のおみよの家に潜んでいるのかもしれない。だが、浅吉は誰もいなかったと云った。

確かめてみる必要がある……。

新吾は、入谷正弦寺近くの椿長屋に急いだ。

湯島天神門前町の盛り場は、陽が西に傾くのに従って忙しさを漂わせ始めた。

松村陣十郎が、二人の浪人や遊び人風の若い男と共に小料理屋『梅や』から現れた。

「あの浪人です」

呉服屋『丸富屋』彦兵衛は、眼を見開いて松村陣十郎を指差した。

「間違いないね」

半兵衛は念を押した。

「はい。あの浪人が、清七と一緒に手前どもに百両出せと強請りを掛けて来たんです。間違いございません」

彦兵衛は、恐ろしげに頷いた。

「よし。半次、鶴次郎……」

「はい。御免なすって」

半次と鶴次郎は返事をし、素早く二階から下りて行った。

「御苦労だったね」

半兵衛は、彦兵衛を労った。

「白縫さま、なにとぞ娘の事は……」

彦兵衛は、半兵衛に縋る眼差しを向けた。

「分かっている。丸富屋の名は一切出さないよ。安心するんだね」

半兵衛は約束した。

入谷正弦寺は、夕食の仕度前の静けさに包まれていた。

新吾は、椿の古木のある木戸を潜り、長屋の奥にあるおみよの家に向かった。

おみよの家はひっそりとしていた。

浅吉が云ったようにやはり誰もいないのか。

新吾は、腰高障子を小さく叩いた。その時、微かに異様な臭いを嗅いだ。

血……。

新吾は、腰高障子を開けようとした。だが、腰高障子は中から戸締りがされて開かなかった。新吾は焦った。そして、腰高障子を蹴って外し、家の中に踏み込んだ。

家の中は薄暗く、血の臭いが漂っていた。

「誰かいるか……」

新吾は、薄暗い家の中を透かし見た。

薄暗い家の中に、前掛けをした娘が横たわっていた。

「おしん……」

新吾は、横たわっている娘をおしんと見た。

おしんは、右手に剃刀を握り締め、左の手首は血にまみれていた。

自害……。

おしんは、清七を殺した罪を悔い、己の手首を切って自害を企てたのだ。

新吾は、慌てておしんの様子を調べた。

血の気の引いた顔には涙の跡があり、息はか細く、脈は弱々しかった。

生きている……。

新吾は、おしんの血にまみれた手首を調べた。血は僅かに滴り落ちていたが、止まり始めていた。

「くそっ、死なせるものか……」

新吾は、おしんの傷の血止めをした。そして、意識を失っているおしんを背負って家を出た。隣家のおかみさんたちが、恐ろしげに見守っていた。

「しっかりしろよ、おしん」

新吾は、おしんを背負って養生所に急いだ。

木戸にある椿の古木は、西日にその影を長く伸ばしていた。

夕暮れ時、不忍池の畔に人影は少なかった。

松村陣十郎と遊び人風の若い男は、不忍池の畔の茶店の縁台に腰掛けて茶を頼んだ。そして、二人の浪人は茶店の陰に入った。

半次と鶴次郎は、雑木林に潜んで松村たちを見張った。

「茶を飲みに来たわけじゃあねえだろうな」

半次は眉をひそめた。

「ああ、誰かが来るのを待っているのかもな」

鶴次郎は睨んだ。

僅かな時が過ぎ、下谷広小路から羽織袴の二人の武士がやって来た。

松村は、薄笑いを浮かべて二人の武士を迎えた。

「持って来たか……」

「うむ」

年嵩の武士が頷き、若い武士が風呂敷包みを手にして進み出た。

「常吉……」

常吉と呼ばれた若い遊び人風の男が、風呂敷包みを受け取って結び目を解いた。

中に小判の輝きが見えた。

「どうだ」

「確かに……」

常吉は、松村に頷いて見せた。

「よし」

「ならば、浩一郎《こういちろう》さまの借用証文、渡して貰おう」

「いいだろう」

松村は、懐から借用証文を出して渡した。

年嵩の武士は、借用証文をひったくるようにして検《あらた》めた。

「大身旗本の若さまが、博奕に現《うつつ》を抜かして借金まみれ。公儀に知れれば只では済まぬか。宮仕えってのは面倒なものだな」

松村は、鼻先に嘲りを浮かべた。

「黙れ」

次の瞬間、年嵩の武士は松村に斬り付けた。松村は飛び退き、身構えた。若い武士が金包みを抱えた常吉に迫った。常吉は、慌てて茶店の陰に逃げ込んだ。二人の浪人が、入れ替わるように飛び出して来た。

二人の武士は怯んだ。

松村と二人の浪人は、嘲笑を浮かべて二人の武士を取り囲んだ。

「百両を惜しんで、三千石の旗本家の恥を晒すか……」

松村は嘲笑った。

「おのれ」

若い武士は己を必死に励まし、松村に猛然と斬り掛かった。松村は、抜き打ちに刀を一閃させた。甲高い音が鳴り、若い武士の刀が宙に飛んだ。

若い武士は、恐怖を浮かべて後退りした。

「死にたいのか……」

松村は、二人の武士に残忍な眼を向けた。そして、二人の浪人が刀を抜き払った。

「ひ、退け……」

年嵩の武士は、苦しげに顔を歪めて若い武士を促し、足早に立ち去っていった。

「馬鹿野郎が……」

松村は、吐き棄てて刀を鞘に納めた。そして、常吉と二人の浪人を促し、不忍池の畔から湯島天神裏の切通しに向かった。

半次と鶴次郎は追った。

血に赤く染まった手首は、焼酎で綺麗に洗われた。

おしんの手首には幾つかの躊躇い傷があり、深いものが一つあった。

「可哀想に……」

外科医の大木俊道は、自分の命を絶とうとしたおしんを哀れんだ。

「助かりますか……」

新吾は、心配げに眉をひそめた。

「何とかね。もう少し遅ければ、手遅れになるところだった」

俊道は、意識を失ったままのおしんの傷の手当てを続けた。

「良かった」

新吾は思わず呟いた。

おしんは、姉のおみよを食い物にしている清七を手に掛け、己の手首を切って自害を図った。

自害は清七を殺した罪の意識があったからなのか、それとも思いを遂げた満足感がそうさせたのか……。

新吾は思いを巡らせた。

「おしん……」

弱々しい声とともにおみよが戸口に現れた。

「おみよ……」

新吾は戸惑った。

「おしん……」

おみよは、意識を失っているおしんに縋り付いた。

「どうして、おしん……」

おみよは泣き崩れた。

「おみよ。おしんは助かる。安心しろ」

新吾は告げた。

「ほ、本当ですか……」

「うむ。大丈夫だ」

俊道は、笑みを浮かべて力強く頷いた。

「ありがとうございます」

おみよは啜り泣いた。

「さあ、おみよ、ここにいては俊道先生の邪魔になるだけだし、お前の身体にも障る。病人部屋に戻るんだ」

「はい。俊道先生、どうか、どうか、おしんをよろしくお願い致します」

おみよは、俊道に両手をついて深々と頭を下げた。

「分かっている。引き受けたよ。さあ、新吾さん……」

「はい。さあ、おみよ……」

新吾は、おみよを立たせて肩を貸した。おみよの薄い胸は激しく上下し、その身体は驚くほどに軽かった。

新吾は、おみよを連れて俊道の診察室を出た。

「おみよさん……」

介抱人のお鈴と良哲が駆け寄って来た。


日が暮れた。

本郷菊坂町にある剣術道場は名ばかりのもので、食詰め浪人たちの溜まり場になっていた。

松村陣十郎は、常吉や二人の浪人たちと剣術道場に入り、煮売台屋から仕出しを取って酒盛りを始めた。

半次と鶴次郎は見届け、半兵衛に報せた。

半兵衛は、定町廻り同心の風間鉄之助《かざまてつのすけ》と捕り方を従えて駆け付けて来た。

「で、中にいるのは松村陣十郎と常吉に浪人二人か……」

「はい。酒を飲んでいます」

鶴次郎は頷いた。

「よし。私と半次が表から行く。風間と鶴次郎は裏から踏み込んでくれ」

「心得ました」

風間は巻羽織を脱ぎ、刀の下緒《さげお》で襷《たすき》を掛けて着物の裾を端折《はしよ》った。

「鶴次郎」

「はい。裏口はこっちです」

風間と鶴次郎は裏口に走った。

半兵衛は、風間と鶴次郎が裏口に廻った頃合を見計らった。

「行くよ」

半兵衛は命じた。半次と捕り方たちが、剣術道場の戸を蹴破り、龕灯《がんどう》の明かりを照らした。

道場で酒盛りをしていた松村陣十郎たちが驚き、燭台の明かりを吹き消した。

だが、捕り方たちの龕灯の明かりは、松村たちを逃しはしなかった。

「松村陣十郎と強請りの一味の者ども、下手な抗いは無駄だ。神妙にするんだね」

「煩せえ」

松村たちは、半兵衛と半次たちに猛然と襲い掛かってきた。

半兵衛は腰を僅かに沈め、刀を横薙ぎに一閃した。浪人の一人が向こう脛を斬られ、前のめりに倒れた。捕り方たちが、倒れた浪人を六尺棒で滅多打ちにした。

浪人は悲鳴をあげ、懐から小判を撒き散らして転げ廻った。

半次は押さえ付け、素早く捕り縄を打った。残る浪人と常吉は、裏口に逃げた。

だが、風間と鶴次郎が行く手を塞いだ。

「おのれ……」

松村はいきり立ち、半兵衛に激しく斬り付けた。半兵衛は鋭く斬り結んだ。

怒号と悲鳴が飛び交い、血と汗が飛び散った。

風間は、残る浪人と闘って打ちのめした。鶴次郎は、十手で常吉を叩きのめした。常吉は額から血を飛ばして昏倒した。

松村陣十郎は必死に抗った。だが、それは無駄な抗いだった。半兵衛は、松村の刀を弾き飛ばした。刀は宙を飛び、道場の天井に突き刺さった。半次は、うろたえる松村に体当たりをして突き倒した。捕り方たちが怒声をあげ、倒れた松村に殺到した。

半兵衛たちは、松村陣十郎たち強請り一味をお縄にした。

行燈の明かりは、女病人部屋を淡く照らしていた。

おみよは蒲団に横たわり、苦しげに息を荒く鳴らしていた。

良哲は眉をひそめた。

新吾とお鈴は見守るしかなかった。

「神代さま。おしんは、おしんはどうして自害などしようとしたんですか。神代さま……」

おみよは、妹おしんがどうして自害を図ったのかを知りたがった。

「う、うん。おみよ、おしんの命は心配ない。だから安心しろ」

新吾は、おみよがおしんの自害の理由を知った時の衝撃を恐れた。

「神代さま……」

おみよは、苦しげに顔を歪めた。

「新吾、話してやるが良い……」

良哲は新吾を促した。

「良哲……」

新吾は戸惑った。

良哲は、哀しげな面持ちで頷いた。

おみよに死が迫っている……。

新吾は気付いた。

「そうか……」

新吾は、話す覚悟を決めた。

「おみよ……」

「はい……」

「おしんはな、お前が心の臓の病で倒れたのは清七のせいだと恨み、駒形堂の裏で手に掛けた……」

「おしんが……」

おみよは眼を見開き、驚愕に言葉を失った。

「そして、自分の手首を切って自害を図ったのだ」

「おしん……」

おみよの眼から涙が溢れ、とめどなく頬を伝った。

「姉ちゃん……」

左の手首に包帯を巻いたおしんが、俊道に付き添われて戸口に現れた。

「おしん……」

「姉ちゃん……」

おしんは、おみよに縋り付いた。

「ごめんね、ごめんね、おしん。姉ちゃんが馬鹿だった。清七なんかに惚れた姉ちゃんが馬鹿だった。許しておしん……」

おみよは詫びた。おしんを力なく抱き締め、泣きながら詫びた。

おしんは啜り泣いた。

「神代さま……」

おみよは新吾を見つめた。

「なんだ」

「清七を殺めたのは私です」

おみよは身を起こし、苦しげに声を嗄らした。

新吾は戸惑った。

「姉ちゃん……」

おしんは驚いた。

「私が、私が清七を殺したのです」

おみよは必死に訴えた。

「おみよ……」

「違う。清七を刺したのは私です。私が駒形堂の裏で清七を刺したんです。姉ちゃんじゃあない……」

おしんは呆然とした。

「おしん、お前は何もしちゃあいない。だから、自害などしないで私の分まで……」

おみよは、苦しげに顔を歪めて崩れた。

「姉ちゃん……」

良哲とお鈴が、おみよを寝かせた。

「神代さま、清七を殺したのは私なんです」

おみよは哀願した。

「分かった。良く分かったよ。おみよ……」

新吾は頷いた。

「あ、ありがとうございます」

おみよは、安心したように微笑んだ。

「おしん……」

「姉ちゃん……」

「ごめんね……」

おみよは微笑み、眠るように眼を瞑《つむ》った。

良哲は、おみよの脈を取って息を確かめた。

「良哲……」

新吾は喉を鳴らした。

良哲は、静かに首を横に振った。

おみよは息を引き取った。

「姉ちゃん……」

おしんは、おみよに縋って子供のように泣き出した。

新吾は、おみよに手を合わせた。お鈴と俊道が続いた。

おみよは、穏やかで綺麗な死に顔だった。

おしんは泣き続けた。

行燈の明かりが揺れた。

夜風は爽やかに吹き抜けていた。

新吾は養生所の表門を出た。

「清七を殺したのは私なんです……」

おみよの声が蘇った。

新吾は、夜の闇に向かって溜息を洩らした。

「新吾さん……」

暗がりから浅吉が現れた。

「浅吉……」

「椿長屋で聞いたんだが、おしんが手首を切ったんだって……」

浅吉は、心配げに眉をひそめた。

「心配するな。おしんは助かったよ」

「良かった……」

浅吉は、安心したように喉を鳴らした。

「浅吉、おみよが……」

「おみよが息を引き取った」

「うん……」

新吾は頷いた。

「そうか……」

浅吉は頷いた。

新吾は夜空を見上げた。

夜空には幾つもの星が瞬いていた。

「それで、おしんをお上に突き出すのか……」

浅吉は、新吾を見据えた。

「浅吉、清七を殺めたのはおみよだ」

「おみよ……」

浅吉は困惑した。

「おみよが、そう白状して息を引き取ったよ」

「それで良いのかい……」

浅吉は眉をひそめた。

「下手人は一人で充分だよ……」

新吾は淋しげに笑った。

「新吾さん……」

新吾は、おみよの死に際の望みを叶えてやる決意をしていた。それは、真実を隠して嘘つきになる事だ。

嘘つき……。

だが、姉のおみよが死に、妹のおしんがお縄になるのは辛過ぎる。自分が嘘をついて真実を隠し、おしんが新たに生きていけるのならそれで良い。

嘘つきになってもいい……。

新吾は、星の輝く夜空を見上げた。


外濠には風が吹き抜けていた。

「清七を殺めたのは、姉のおみよだっていうのかい……」

半兵衛は眉をひそめた。

「おみよがそう白状して息を引き取りました」

新吾は、嘘をつく己に微かな震えを覚えた。

「ほう。じゃあ、浅吉が見た十五、六歳の娘ってのはどうした」

「そいつは、浅吉の見間違いでした」

「そうか。で、おしんはどうした」

「姉のおみよの死に狼狽し、手首を切って自害を企てたのですが、どうにか助かりました」

「おしんが自害をね……」

半兵衛の眼が鋭く輝いた。

「は、はい……」

新吾は、半兵衛から思わず眼を逸らした。

「良く分かったよ」

半兵衛は、新吾の嘘を見抜いた。

「新吾、おしんの行く末、しっかり見届けて何事も本当にするんだね」

半兵衛は、外濠に架かる呉服橋を渡って行った。その背は、新吾に嘘をつくなら責任を持ってつき通せと告げていた。

「半兵衛さん……」

新吾は立ち尽くした。
外濠には小波が走り、眩しく煌めいた。

第四話

狐憑き

一

夏の暑い日が続いていた。

北町奉行所養生所見廻り同心神代新吾は、急患の始末に追われて遅い帰りになった。

戌の刻五つ（午後八時）の鐘が夜空に響いた。

新吾は、提灯を揺らしながら通い慣れた本郷通りを進んだ。

本郷通りを湯島に抜け、神田川に架かる昌平橋を渡れば神田八ツ小路《やつこうじ》に出る。

八ツ小路は八方の道に繋がっているところから付けられた名である。

新吾が昌平橋を渡ろうとした時、狐の鳴き声が夜空に甲高く響いた。

江戸市中で狐とは珍しい……。

新吾は、昌平橋の袂に立ち止り、提灯をかざして八ツ小路を透かし見た。

白い被衣《かつぎ》を翻した人影が筋違御門の方から現れ、八ツ小路を揺れながら横切って駿河台の幽霊坂に向かった。

なんだ……。

新吾は追った。

白い被衣を被った人影は、新吾の気配を感じたのか振り返った。

狐……。

新吾は驚き、思わず立ち止った。

振り返った白い被衣の人影は、白塗りに赤い眼と口の狐の面を被っていた。

狐は白い被衣を翻し、八ツ小路から武家屋敷街の幽霊坂に消え去った。

新吾は、提灯の柄を握り締めて呆然と見送った。


小石川養生所に若い武士が訪れた。

若い武士は、養生所肝煎りの本道医・小川良哲と逢い、四半刻ほどで帰って行った。

「新吾さん……」

介抱人のお鈴が、役人部屋で仕事をしていた新吾の許にやって来た。

「なんだい、お鈴さん」

「良哲先生が、手が空いていたらちょいと来てくれないかと……」

「分かった。これが済んだら行くよ」

新吾は、賄所の不足した品物の覚書を作り続けた。

「門田《かどた》慎之介《しんのすけ》……」

新吾は眉をひそめた。

「うん。駿河台は雁木坂《がんぎざか》に屋敷を構える旗本黒田《くろだ》一学《いちがく》の近習だそうだ」

良哲は新吾に告げた。

「その近習が良哲に何用だ」

小石川養生所は、公儀が生活困窮者の為に設けた無料の施療院であり、大身旗本家の者が来るところではない。

「そいつが……」

良哲は声を潜めた。

「主の黒田一学の娘を診察してくれないかと云って来てな」

「大身旗本なら公儀の奥医師が幾らでも往診してくれるだろう」

「勿論、奥医師には診て貰ったが、埒《らち》が明かないので来たそうだ」

奥医師とは、幕府から扶持米《ふちまい》を貰っている医官であり、将軍家は勿論、大名や大身旗本などの医療に当たった。そこには、医療技術や治療方法の進歩より、権威と格式を重んじる風潮があった。

「埒が明かないか……」

新吾は苦笑した。

「うん」

「それで娘、どんな病なんだ」

「そいつが、狐に取り憑かれたのではないかと申すのだ……」

良哲は眉をひそめた。

「狐に取り憑かれたぁ」

新吾は、素っ頓狂な声をあげた。

「ま、かもしれないので一度往診してくれないかとの事だ」

良哲は苦笑した。

「狐に憑かれた娘か……」

新吾は、神田八ツ小路で見た白い狐の面を被った人影を思い出した。

「うん。夜になると密かに屋敷を抜け出して外を徘徊し、稲荷堂に供えられた油揚げや稲荷寿司なんかを屋敷に持ち帰り、食い散らかしているそうだ」

良哲は眉をひそめた。

「そいつは本人も知っての事か……」

「いや。何分にも眠ってからの事なので、本人は何も覚えていないそうだ」

「そいつは大変だというか、面白いな」

「うん。それで、往診する約束をしたのだが、新吾、お前も一緒に来てくれないか」

黒田屋敷のある駿河台雁木坂と神田八ツ小路は遠くはない。

狐に憑かれた娘は、白い狐の面を被った人影と関わりがあるのかも知れない。

「心得た。勿論、同道するぞ」

新吾は勇んだ。


月明かりが白く映える神田川には、櫓の軋みが甲高く響いていた。

新吾と良哲は、提灯をかざしながら昌平橋を渡り始めた。新吾は、羽織を脱いで袴をつけて医生に扮していた。

行く手には、八ツ小路の暗がりが広がっていた。

新吾は、思わず白い着物を着た人影を捜した。だが、八ツ小路の暗がりに人影は見えなかった。

「新吾、お前、狐憑きを信じるか……」

良哲は、笑みを浮かべて不意に尋ねた。

「う、うん。実はな、良哲……」

新吾は、白い狐の面を被った人影を見た事を話した。

「新吾、そいつが狐憑きがいかさまだって証拠だよ」

良哲は苦笑した。

「どうしてだ」

新吾は眉をひそめた。

「狐憑きが、これみよがしに狐の面を被ってうろうろするものか」

「そうか……」

新吾と良哲は、八ツ小路から武家屋敷街に入り、幽霊坂に進んだ。武家屋敷街は夜の静寂に覆われていた。

旗本三千石黒田一学の屋敷は、黒い影となって静寂に沈んでいた。

新吾は、黒田屋敷の長屋門脇の潜り戸を叩いた。格子窓から中間が顔を見せた。

「どちらさまにございますか」

「養生所医師の小川良哲と医生にございます。近習の門田慎之介どののお招きで参りました」

「それはご苦労さまにございます」

中間は潜り戸を開けた。

新吾と良哲は黒田屋敷に入った。


燭台の明かりは不安げに揺れていた。

黒田屋敷は薄暗く、夏にもかかわらず冷え冷えとしていた。

新吾と良哲は、奥御殿の座敷に通されて門田慎之介の来るのを待った。

「妙に待たせるな」

良哲は、苛立たしさを見せた。

「相手は狐に取り憑かれた若い娘だ。いろいろあるんだろう」

新吾は笑った。

二人の男の足音が、廊下をやって来て座敷の前に止まった。

「御免……」

門田慎之介は、声を掛けて襖を開けた。白髪頭の小柄な老武士が入って来て上座に座った。

屋敷の主の黒田一学……。

新吾と良哲は素早く目配せをした。

「これは小川先生、早速の往診、かたじけのうございます」

「いえ……」

「こちらは我が殿、黒田一学さまです」

門田は、旗本三千石黒田家当主の一学を紹介した。良哲と新吾は頭を下げた。

「私は養生所本道医小川良哲。これなるは我が医生にございます」

良哲は、自分と新吾を紹介した。

「左様か。何分、よしなに頼む」

黒田は嗄れ声で頼み、小さな髷の白髪頭を深々と下げた。新吾は、そこに娘を心配する父親の姿を見た。

「はい。それで門田どの、患者は……」

良哲は診察を急いだ。

「殿……」

「うむ。まゆの処にご案内致せ」

「はい。では、良哲先生、ご一緒にお出で下さい」

門田は黒田を残し、良哲を案内して屋敷の奥に向かった。新吾は薬籠を持って続いた。

黒田は、瞑目して仏像のように座り続けた。

十八歳ほどの娘は、侍女のお浪《なみ》と桔梗《ききよう》に付き添われて蒲団の上に座っていた。その優しげな横顔は、燭台の明かりに仄かに縁取られていた。

「おまゆさま、こちらは養生所の小川良哲先生にございます。先生、黒田家の御息女おまゆさまです」

門田は、良哲とおまゆを引き合わせた。

「まゆにございます。なにとぞよしなにお願い致します」

おまゆは、窶《やつ》れた面持ちで良哲に挨拶をした。その言葉に乱れはなく、不審なところもなかった。

「小川良哲です。早速ですが診察を始めます。ご無礼……」

良哲は、おまゆの熱を測り、手を取って脈を調べた。そして、竹筒の聴診器で胸の音など様々な診察を始めた。

新吾は、おまゆに白い狐の面を被った人影と通じるものを探した。だが、それを感じさせるものは窺えなかった。

良哲の診察は、四半刻も掛からずに終わった。

「結構です。お休み下さい」

良哲は診察を終えた。

「ありがとうございました」

おまゆは良哲に礼を述べ、腰元たちに介添えされて蒲団に横たわった。

「では門田どの……」

「は、はい。それではおまゆさま、お休みなさいませ。良哲先生……」

門田は、おまゆに挨拶をして良哲と新吾を促した。


黒田一学は、瞑っていた眼を静かにあけた。

良哲は黒田と向かい合って座り、新吾と門田は傍らに控えた。

「如何かな……」

「はい。おまゆさま、かなりお疲れにございますが、身も心も病に侵されてはおらず、至ってお健やかにございます」

「まことか……」

黒田は、細い眼を鋭く光らせた。

「はい」

良哲は深く頷いた。

「ならば、夜な夜な密かに出歩き、稲荷堂の供え物を持ち帰るのは如何なる事だ」

「黒田さま、おまゆさまが夜中に密かに出歩き、稲荷堂の供え物を持ち帰る証拠、何かございますか」

「門田……」

「はっ……」

門田は膝を進めた。

「ある朝、おまゆさまの足の裏が土で汚れていたり、お部屋に食べ掛けの油揚げや稲荷寿司が散乱していたり、白い被衣が脱ぎ棄てられていたりするのでございます。そして、おまゆさまは何も覚えていらっしゃらないと、それ故……」

門田は、痛ましげに眉をひそめた。

「成る程……」

「あの、散乱している物の中に狐の面はなかったですか」

新吾は尋ねた。

「狐の面……」

門田は、戸惑いを浮かべた。

「はい」

「狐の面などはない」

「そうですか、ご無礼致しました」

新吾は控えた。

「それで黒田さま、今までどのような手を打たれたのですか」

「うむ。まゆの寝間に宿直《とのい》の者を付けたり、寝かせぬようにしたのだが……」

黒田は眉をひそめた。

「宿直の者が寝てしまいましたか……」

良哲は読んだ。

「左様。そして、ある者は心の臓を一突きにされて殺された」

「心の臓を一突き……」

新吾と良哲は驚き、顔を見合わせた。

「うむ。以来、家中の者どもは狐の祟りだと、恐ろしがってな……」

黒田は、老顔を苦しげに歪ませた。

「黒田さま、よろしければ今後も往診に参りたいのですが、よろしいでしょうか」

「うむ。そうしてくれるか……」

「はい。それで、私が来られぬ時には、これなる医生の新吾が参ります」

新吾は、黒田を正面から見つめた。

「分かった。出入りを許す」

黒田は新吾に頷いた。

「はい」

新吾は頭を下げた。

燭台の明かりは小さく瞬いた。

黒田屋敷は、人が暮らしている気配を余り感じさせなかった。

良哲と新吾は、門田に案内されて奥御殿から表の玄関に向かった。

用部屋から中年の武士が出て来た。

「これは加藤さま……」

門田は、加藤と呼んだ中年の武士に会釈をした。加藤は、良哲と新吾を鋭く一瞥した。

「あっ、こちらは医師の小川良哲先生と医生の新吾さんです。良哲先生、新吾さん、当家の用人の加藤芳之助《よしのすけ》さまです」

門田は紹介した。

「おまゆさまか……」

加藤は眉をひそめた。

「はい。それから殿は、良哲先生と新吾さんのお屋敷のお出入りを許されました」

「心得た。良哲先生、おまゆさまをお願いしますぞ」

「お任せ下さい」

「では、これにて……」

門田は、良哲と新吾を促して玄関に急いだ。

加藤芳之助は、廊下に佇んで良哲と新吾を見送った。

夜風は生暖かかった。

黒田屋敷を出た新吾は、良哲を連れて物陰に潜み、振り返った。

「どうした」

良哲は戸惑った。

「追って来る者がいないか確かめる」

新吾は、黒田屋敷を窺った。

僅かな時が過ぎた。

黒田屋敷から出て来る者はいなかった。

「よし。行こう」

新吾は良哲を促し、雁木坂から幽霊坂に向かった。

夜の武家屋敷街に通る人はなく、辻番の明かりが浮かんでいるだけだった。

「どう見た」

良哲は新吾に尋ねた。

「うん。どうやら何もかも仕組まれているようだな」

新吾は睨んだ。

「どうする」

「聞くまでもないだろう。良哲、お前が黒田屋敷に出入り出来るようにしたんだぜ」

新吾は苦笑した。

「だが新吾、狐憑きが仕組まれたものだとして、宿直の者や人の眼もある屋敷からおまゆさまはどうやって脱け出したんだ」

「良哲、おまゆさまが脱け出さなくとも、他の者が脱け出せばすむ事だ」

「そして、おまゆさまを装って徘徊し、油揚げや稲荷寿司を持ち帰り、おまゆさまの足の裏を土で汚すか……」

「ああ。おそらくそのための狐の面だろう」

おまゆに扮して夜の街を徘徊した者は、偽者だと見破られるのを恐れて狐の面を被っているのだ。

新吾は読んだ。

「宿直の者は、眠り薬で眠らしたか……」

「うん。仕組んでいる一味には、おまゆさまの身近に仕えている者がいるはずだ」

「それなら話の辻褄が合うな」

良哲は頷いた。

「分からないのは、どうしておまゆさまに狐が憑いたかだ」

「うむ……」

黒田家には、おまゆを狐憑きにしたいと願う者が潜んでいる。

「先ずは、黒田家の内情を詳しく調べる必要があるな」

新吾は決めた。

二

夏の日差しは、朝から容赦なく照り付けていた。

北町奉行所同心詰所は、蒸し風呂のような暑さだった。

新吾は、旗本の武鑑を調べた。

旗本黒田家は、三千石取りの三河以来の家柄であり、当主の一学は作事奉行《さくじぶぎょう》や大目付などの役目を歴任し、今は寄合《よりあい》だった。前妻を亡くし、後添えにお幸《こう》の方を迎えていた。そして、二人の子がいるが、共に娘であった。長女は前妻の子で十八歳のおまゆであり、次女は後添えの子で十四歳になるおみなと記されていた。

黒田一学は、長女のおまゆに婿を迎えて黒田家の家督を継がせると思われた。

「神代さま……」

小者が戸口に現れた。

「なんだい」

「浅吉って人が来ていますよ」

「来たか……」

新吾は、旗本の武鑑を片付けて同心詰所を出た。


浅吉は、表門内の腰掛で落ち着かない様子で待っていた。

「いやあ、良く来たな」

新吾は笑った。

「ああ。養生所に行ったら宇平の父っつぁんが、新吾さんが北の御番所で待っているというんでな」

「うん。蕎麦でも食べよう」

新吾は誘った。

「ああ。願ったり叶ったりだ。町奉行所はどうにも居心地が悪いぜ」

浅吉は苦笑した。

新吾と浅吉は呉服橋を渡り、外濠沿いに一石橋に進み、橋の袂にある蕎麦屋の暖簾を潜った。

「いらっしゃいませ」

新吾と浅吉は、小女の明るい声に迎えられた。


「それで、俺に何の用だい」

浅吉は、せいろ蕎麦を啜った。

「うん。狐憑きを調べるのを手伝って貰いたいんだ」

「狐憑き……」

浅吉は驚いた。

「実はな……」

新吾は、蕎麦を啜りながら旗本黒田家の息女おまゆの狐憑きの一件を教えた。

「成る程、狐憑きか、そいつは面白いな」

浅吉は、楽しげな笑みを浮かべた。

「手伝ってくれるか」

「ああ、俺は何をしたら良いんだ」

「黒田家の内情を調べてくれないか」

「黒田家の内情……」

「うん。殿さまと奥方の仲とか、跡継ぎはどうなっているかだとか、その他、諸々をな」

「その他、諸々か……」

浅吉は鼻先で笑った。

「うん」

「黒田屋敷、駿河台の雁木坂だったな」

浅吉は念を押した。

「そうだ」

新吾は頷いた。

「よし、雁木坂の旗本屋敷に知り合いの中間がいるはずだ。その辺から当たってみるぜ」

浅吉は笑った。

「頼りにしているぜ」

新吾は、せいろ蕎麦の残りを啜った。

駿河台雁木坂の黒田屋敷は長屋門を閉めていた。

斜向かいの旗本屋敷の中間部屋からは、黒田屋敷の表が見えた。

「陰気な屋敷だな……」

浅吉は、武者窓から黒田屋敷を眺め、中間頭の猪之吉《いのきち》に笑い掛けた。

「ああ。ここだけの話だが、黒田さまのところはいろいろあってな」

浅吉に博奕の借りのある猪之吉は、借金の棒引きと引き換えに知っている事を話し、便宜を図る約束をした。

「いろいろってのは、狐憑きか……」

「知っているのかい」

猪之吉は、浅吉に探る眼を向けた。

「噂をな。で、狐憑き、見た事あるのか」

「一度、黒田さまの屋敷の裏門の傍でな。白い着物を着て狐の面を被っていやがった」

「それでどうした」

「どうしたって、そりゃあもう吃驚《びっくり》してよ」

「逃げたか……」

「ま、祟られたらたまらねえからな」

猪之吉は、誤魔化すように笑った。

「じゃあ、その狐憑きがどうしたのかは、分からねえか」

浅吉は苦笑した。

「う、うん。ま、黒田さまも上のお姫さまの婿が決まり、ようやく跡取りが出来た途端に狐憑きだ。屋敷も陰気にもなるさ」

猪之吉は話題を変えた。

「上のお姫さま、婿を取るのか……」

黒田一学は、おまゆに婿を取って黒田家を継がせようとした。

「下の子も娘で若さまはいねえからな。だけど、狐憑きとなると婿も怖気付いちまったとか、哀れというか気の毒な話だぜ」

「破談になったのか……」

「さあ、まだそうと決まったわけじゃあないらしいが、遅かれ早かれだろうぜ」

狐憑きは、おまゆの縁談を壊し、黒田家は家督を継ぐ婿を失う事になる。

「それにしても狐憑きとはな……」

「ああ、喜んでいるのは、奥方さまだけだろうな」

猪之吉は、皮肉な笑みを浮かべた。

「奥方さまだけって、どういう事だい」

浅吉は眉をひそめた。

「上のお姫さまは、亡くなった前の奥方さまの子供でな。今の奥方さまの子供は下のお姫さま。上のお姫さまが婿を取った後に殿さまが死んだら、今の奥方さまはとっとと尼寺行きだぜ」

「上のお姫さまと今の奥方、仲が悪いのか」

「さあ、そいつは良く知らねえが、義理の娘と継母だ。大体、相場が決まっているぜ」

猪之吉は嘲笑った。

継母と義理の娘……。

猪之吉のからかい半分の睨みは、意外に当たっているのかも知れない。

浅吉は、黒田家に不吉なものが潜んでいるのを感じた。

養生所の昼飯は、良哲が肝煎りになってから、身分にかかわらず手の空いた者から台所で食べる事になっていた。

良哲は、通いの患者が途切れた時に台所に座った。新吾は、良哲の昼飯に合わせた。

「何か分かったのか……」

良哲は、新吾を一瞥して昼飯を食べ始めた。

「黒田家に嫡子はいない」

「じゃあ、おまゆさまが婿養子を取るのか」

「きっとな……」

「で、どうする」

良哲は味噌汁を啜った。

「一晩、黒田屋敷に泊まってみようかと思っているんだが、口実を用意してくれ」

「口実か……」

「うん」

「じゃあ、狐を追い出す薬を調合する。一晩泊まって効き目を確かめて来て貰うかな」

良哲は笑みを浮かべた。

「流石は良哲先生だ。そいつで行こう」

新吾は、養生所の医生として黒田屋敷に薬を届け、その効き目を確かめる為に泊まる。

「狐が出ると面白いな」

良哲は悪戯っぽく笑った。

「そいつはあるまい」

狐憑きを仕組んでいる者たちは、新吾が泊まる夜に動くほど愚かではない。

新吾は気を引き締めた。


浅吉は、猪之吉の伝手《つて》を辿って黒田家の内情を探った。

当主の黒田一学の評判はさほど悪くはないが、お幸の方は余り良くなかった。

そして、おまゆと腹違いの妹おみなの仲は良く、家来や奉公人たちの評判は良かった。だが、おまゆが狐憑きになって以来、黒田屋敷から姉妹の明るい笑い声も消えて暗く沈んだ。

浅吉は、旗本屋敷の中間部屋から斜向かいの黒田屋敷を見張っていた。

黒田屋敷の潜り戸が開き、中年の武士が二人の供侍《ともざむらい》を従えて出て来た。

「誰だい」

浅吉は、中間頭の猪之吉に尋ねた。猪之吉は、武者窓から中年武士たちを眺めた。

「ありゃあ、用人の加藤芳之助だぜ」

用人の加藤芳之助は、己を偉そうに見せたいのか胸を反らせ顎を上げて歩いていた。

「お供の侍は……」

「黒田家の家来で大きいのが横塚、小さくて細いのが土田。幇間《ほうかん》野郎だ」

「幇間野郎……」

「ああ。取り入るのが上手いだけの腰巾着よ」

猪之吉は嘲笑った。

用人の加藤芳之助……。

浅吉は気になった。

「よし。ちょいと追ってみるぜ」

浅吉は、用人の加藤芳之助たちを追った。

用人の加藤芳之助は、横塚と土田を従えて雁木坂を進んでいく。

浅吉は尾行した。

加藤たちは、雁木坂から外濠に向かった。そして、外濠沿いの道を鎌倉河岸《かまくらがし》から常盤橋御門《ときわばしごもん》や呉服橋御門に進んだ。

浅吉はなおも尾行を続けた。

加藤たちは鍛冶橋御門《かじばしごもん》前を過ぎ、京橋川に架かる比丘尼橋《びくにばし》を渡って数寄屋橋御門《すきやばしごもん》前に出た。

何処に行くのだ……。

浅吉がそう思った時、加藤たちは数寄屋河岸を東に曲がった。

浅吉は急いだ。

数寄屋河岸を東に曲がった加藤たちは、日本橋の通りを横切り、三十間堀に架かる新シ橋を渡って木挽町《こびきちょう》に入った。そして、町家の背後に甍を連ねる武家屋敷街に入った。

浅吉は、辻番の番士に不審を抱かれないように慎重に追った。

加藤たちはある武家屋敷に入った。

浅吉は見届けた。

何様の武家屋敷なのか……。

浅吉は、額に滲んだ汗を拭い、連なる武家屋敷に出入りしている貸本屋を呼び止めた。そして、加藤たちが入った武家屋敷の主が誰か尋ねた。

「ああ、あのお屋敷ですか……」

貸本屋は、眼の奥に狡猾さを過ぎらせて言葉を濁した。浅吉は、貸本屋に素早く小粒を握らせた。

「こいつはどうも、あのお屋敷のお殿さまは、旗本の田中貢太夫《たなかこうだゆう》さまにございますよ」

貸本屋は笑顔を見せた。

旗本の田中貢太夫……。

加藤芳之助と何の関わりがあるのか……。

浅吉は、田中貢太夫が何者なのか突き止める事にした。

夕暮れ時、駿河台雁木坂の武家屋敷街には、その日の役目を終えて下城して来る旗本たちがいた。

新吾は養生所の医生を装い、良哲の作った薬を持って雁木坂を進んだ。

行く手に黒田屋敷が見えた。

浅吉が、何処かに潜んで見張っているかも知れない。

新吾は、辺りに浅吉の姿を探した。しかし、浅吉の姿は見えなかった。

黒田屋敷は長屋門を閉ざしていた。

新吾は、長屋門の傍の潜り戸を叩いた。


火鉢の炭は真っ赤に熾《お》き、小部屋は熱気に満ち溢れた。

薬を煎じている土瓶から湯気と甘い香りが立ち昇った。

「狐憑きに効く薬ですか……」

近習の門田慎之介は、額に汗を滲ませて湯気の立ち昇る土瓶を見つめていた。

「はい。良哲先生がご自分で調合された煎じ薬です」

新吾は、尤もらしい顔で薬を煎じた。

煎じ薬は、唐人参などの滋養をつける物と心を落ち着かせる薬草を調合したものだ。

「さあ、出来ましたぞ」

新吾は、土瓶を火鉢から下ろした。

新吾は、煎じ薬を持って門田と共におまゆの部屋を訪れた。

「煎じ薬ですか……」

おまゆは、窶《やつ》れた顔を曇らせた。

おそらく、奥医師が来る度に様々な薬を飲まされてうんざりしているのだろう。

「おまゆさま、この煎じ薬は身体にとても良い煎じ薬です。どうぞお飲み下さい」

新吾は、土瓶の煎じ薬を椀に注ぎ、付き添っている侍女のお浪に差し出した。

煎じ薬の甘い香りが仄かに漂った。

「おまゆさま……」

お浪は、煎じ薬を受け取っておまゆに差し出した。

「はい……」

おまゆは、気のすすまぬ面持ちで煎じ薬を飲んだ。

「まあ、美味しい……」

おまゆは、驚きの声を洩らした。

「はい。良哲先生の煎じ薬には、飲み易いように甘い木の実を磨り潰した粉も入っております」

「そうですか。それに身体の芯が心地良く温まります」

おまゆは、美味そうに煎じ薬を飲み干した。

門田とお浪は、驚いたようにおまゆを見守った。

「後は、夕食後とお休みになる前、温めてお飲み下さい」

「はい」

「よいな、お浪どの。忘れてはなりませんぞ」

門田は、侍女のお浪に厳しく告げた。

「心得ましてございます」

お浪は頷いた。

「それでは後刻、煎じ薬の効き目を確かめに参ります」

新吾は、門田と共におまゆの部屋を出た。

「門田……」

女の声が、新吾と共に小部屋に戻ろうとした門田を呼び止めた。

中年の女と十四、五歳の娘が、腰元を従えてやって来た。

「これは、お幸の方さま、おみなさま……」

門田は、廊下に片膝をついて頭を下げた。

新吾は続いた。

中年の女は奥方のお幸であり、娘は次女のおみなだった。

「門田、お姉さまの具合はどうなの」

おみなは、心配げに眉をひそめた。

「はい。僅かながら快方に向かっているものと思われます」

「それは良かった。ねえ、母上……」

おみなは、屈託なくお幸の方を見上げた。

「ええ……」

お幸の方は頷き、新吾を鋭く一瞥した。

「門田、それなる者は……」

「はい。小石川養生所の医生にございまして、おまゆさまの煎じ薬の効き目を確かめに参っております」

新吾は頭を下げた。

「それはご苦労な……」

お幸の方は、微かな嘲笑を浮かべた。

「さあ、参りますよ、おみな……」

お幸の方は、おみなや腰元を連れて立ち去って行った。

門田と新吾は立ち上がった。

「如何になさぬ仲とはいえ……」

門田は憮然とした。

「どうかしましたか」

新吾は眉をひそめた。

「いえ。何でもありません」

門田は、慌てて言葉を濁して小部屋に急いだ。

お幸の方はおまゆを嫌っている……。

新吾はそう感じ取った。

木挽町に屋敷を構えている田中貢太夫は、二千石取りの旗本であり徒頭《かちがしら》の役目に就いていた。

浅吉は、田中貢太夫と黒田家用人の加藤芳之助との関わりを探った。そして、意外にも田中貢太夫は、黒田家と深い関わりがあったのだ。

田中貢太夫には嫁いだ姉が二人おり、上の姉が黒田一学の奥方お幸の方であった。つまり、田中家はお幸の方の実家であり、当主の貢太夫は弟なのだ。

黒田家用人の加藤芳之助は、奥方の実家である田中家に出入りしている。

それ自体に不審なところはないが、浅吉は素直に受け取れなかった。

何かが潜んでいる……。

浅吉は、加藤芳之助たちが田中屋敷から出て来るのを待った。


日が暮れ、黒田屋敷に夜の闇が訪れた。

新吾は、奥御殿の小部屋に閉じ籠っておまゆの部屋の様子を窺っていた。

おまゆの部屋には、おまゆ自身と侍女のお浪と桔梗の三人がいる。だが、話し声や物音もせず、静かなままだった。

新吾は濡縁に出た。

庭には篝火《かがりび》が焚かれ、家来たちが交代で見張りをしていた。

三千石の旗本家は、千数百坪の敷地を誇り、六百坪ほどの屋敷である。そして、奥方や子供の家族が暮らす奥御殿と政務を取る表に別れ、周囲に家来たちの暮らす長屋がある。

見張りは、表と奥御殿の木戸、裏門、そしておまゆの部屋の外に立てられ、常に見廻りが行き交っていた。

警護は万全だ……。

新吾は、おまゆの部屋に向かった。

おまゆは煎じ薬を飲み、侍女たちと静かな夜を過ごしていた。

狐は現れそうもない……。

新吾は、そう判断して小部屋に戻った。

途中、やって来る門田と用人の加藤芳之助に出逢った。新吾は脇に寄って会釈をした。

「新吾さん、おまゆさまに何か……」

門田は心配げに眉をひそめた。

「いいえ。おまゆさま、健やかにお過ごしにございます」

「そうか……」

「門田、殿がお待ちかねであろう」

「は、はい」

加藤と門田は、主の一学の座敷に急いだ。

新吾は見送った。

夜風は生暖かく吹き抜けた。

三

一学は、盃を膳に置いた。

「そうか、早川将監《はやかわしょうげん》どの、田中貢太夫を通じて縁談を断って参ったか……」

「はい。おまゆさまの病、早川さまのお耳に入ったものかと存じます」

加藤は、苦しげに顔を歪めた。

「仕方があるまい……」

一学は、空になった盃を手にした。控えていた門田が、素早く銚子を取って酌をした。一学は、盃に満たされた酒を飲み干した。そこには、無念さと安堵が交錯していた。

「それに致しましても、早川将監さまは御書院番頭《ごしよいんばんがしら》。右近《うこん》さまは部屋住みとは申せ、その早川さまのご子息。右近さまがおまゆさまの婿になれば黒田家も万々歳。田中さまも残念がられておいでにございました」

「そうか。ご苦労であった」

「ははっ。それでは拙者、これにて……」

「うむ」

一学は頷いた。

加藤は、一学に平伏して退室した。控えていた門田は、平伏して見送った。

「殿、何か御用は……」

「酒を持て……」

「心得ました」

門田は立ち去った。

一学は、吐息を洩らして眼を閉じた。

廊下をやって来た足音は、新吾のいる小部屋の前で止まった。

「新吾どの……」

門田が新吾の名を呼んだ。

「はい」

「門田です。お邪魔をしますぞ」

「どうぞ」

「御免」

門田が襖を開けて入って来た。

「おまゆさまに変わりはないようですな」

「ええ。狐、今夜は現れはしないでしょう」

新吾は笑みを浮かべた。

「それなら良いが……」

門田は、屈託ありげに眉をひそめた。

「何かございましたか」

新吾は、それとなく探りを入れた。

「う、うん。ここだけの話だがな。おまゆさまは、婿を迎える事になっていてな」

「ほう、そいつはめでたい」

「と云いたいが、先方に断られた」

「断られた」

「どうやら狐に取り憑かれた事が、相手の耳に入ったようだ」

門田は肩を落とした。

「それはお気の毒に……」

新吾は眉を曇らせた。

「うん。だが、それで良かったのかも知れぬ」

門田は、自分に云い聞かせるかのように呟いた。

「どういう事ですか」

新吾は戸惑った。

「いや、なに、婿に迎える事になっていた方は、三十歳近い方でな。十八歳のおまゆさまと、釣り合わぬといえば釣り合わぬのだ。うん」

門田は、自分の言葉に納得し、頷いた。

「そりゃあ、おまゆさまにとっては、確かに良かったのかも知れませんね」

新吾は頷いた。

「ま、今となっては、そう思うしかあるまい」

門田は、淋しさを過ぎらせた。

「門田さん、今はおまゆさまの狐憑きを治すのが先ですよ」

新吾は励ました。


おまゆに狐が憑く事もなく夜は明けた。

新吾は、おまゆに変わった事のないのを確かめ、門田に挨拶をして黒田屋敷を出た。そして、雁木坂を進んだ。

浅吉が行く手に現れた。

新吾は、浅吉を一瞥して神田川に向かった。

浅吉は黙って付いて来た。

神田川の堤には太田姫稲荷がある。

新吾は、太田姫稲荷に浅吉を誘った。

朝の神田川には、荷船が忙しく行き交っていた。

「昨夜は黒田屋敷にいたのか」

「狐が現れるのを待ってみた」

「だが、現れなかったようだな」

「うん。浅吉は何処にいたんだい」

「斜向かいの旗本屋敷の中間頭に博奕の貸しがあってな」

浅吉は小さく笑った。今も、新吾が黒田屋敷から出て来たのを、中間部屋から見て追って来たのだ。

「それで何か分かったのか」

新吾は話を促した。

「ああ。おまゆさま、狐に憑かれて縁談が壊れ掛けているらしいぜ」

「そいつは壊れたそうだ」

「壊れた……」

浅吉は戸惑った。

「うん」

新吾は厳しい面持ちで頷いた。

「そうか。それから、おまゆさまと義理の母親のお幸の方。余り上手く行っていないって話だぜ」

「やはりな……」

「で、木挽町に田中貢太夫って旗本がいてな。殿さまは、お幸の方の弟だった」

「じゃあ、お幸の方の実家か……」

「ああ。そして、黒田家の用人の加藤芳之助が出入りしている」

「加藤が……」

新吾は眉をひそめた。

「おまゆさまとうまく行っていないお幸の方。その実家に出入りしている用人の加藤……」

浅吉は嘲りを浮かべた。

「その辺りが、狐憑きを仕組んだか……」

「おまゆさまが婿を取り、黒田家を継ぐのを邪魔する魂胆でな」

浅吉は頷いた。

「おまゆさまを狐憑きに仕立てて世間から葬り、妹のおみなに婿を取って黒田家の家督を継がせる企てか」

新吾は、事の次第を読んだ。

「そうなって一番喜ぶのはお幸の方か……」

浅吉は睨んだ。

「妹のおみなさまは腹を痛めた我が子。ま、そういう事になるかな」

「で、どうする」

「確かな証拠を摑むしかあるまい」

新吾は笑った。

神田川には水鳥が遊び、水飛沫が煌めいた。

養生所は忙しい朝を迎えていた。

新吾は、良哲の通いの患者が途切れたのを見計らって診察室に入った。

「おう、昨夜はどうだった」

「狐は出なかったよ」

新吾は苦笑し、分かった事を手短に話した。

「つまりは、旗本のお家騒動か……」

良哲は呆れた。

「ああ。それにしても可哀想なのは、狐憑きにされた上に縁談まで壊されたおまゆさまだ」

「そうだな」

「ま、一刻も早く、企ての確かな証拠を摑んで、狐憑きの騒ぎからおまゆさまを解き放ってやるさ」

新吾は笑った。

「うん。それが一番だな」

「良哲先生、患者さんです」

介抱人のお鈴が顔を出した。

「おう。通してくれ」

「じゃあな良哲……」

新吾は、良哲の診察室を出た。


黒田屋敷は夜の緊張に疲れて眠り込んでいるのか、出入りする者もなく静寂に覆われていた。

おまゆの部屋の外には庭が広がり、木々の葉は微風に揺れていた。

「どうぞ……」

侍女のお浪は、主の一学に茶を差し出した。

「うむ……」

一学は、厳しい面持ちで茶を啜った。

「それで、お父上さま、まゆに御用とは、何でございましょうか」

おまゆは、侍女のお浪と桔梗を従えて一学を見つめた。

「う、うむ……」

一学は躊躇いを見せた。

「お父上さま……」

おまゆは一学を促した。

「まゆ……」

一学は視線を庭に逸らした。

「はい」

「早川どのから田中貢太夫を通し、右近どのを婿にする話、なかった事にしてくれとな」

一学は苦しげに告げた。

おまゆは、言葉もなく一学を見つめた。

「良いな、まゆ……」

「お父上さま、それはまゆに狐が憑いたからにございますか」

「まゆ……」

「お父上さま、狐憑きなど、まゆは与り知《あずか》らぬ事にございます。それなのに……」

おまゆの眼から涙が溢れた。

「おまゆさま……」

お浪と桔梗が心配げに見守った。

「お父上さま。狐憑きは、まゆが早川右近さまを婿に迎え、黒田家の家督を継ぐのに反対する者どもの仕組んだ事にございます」

おまゆは、泣きながら訴えた。

「滅多な事を申すな、まゆ」

一学は、おまゆを厳しく制した。

「お父上さま。まゆは狐憑きではございません。狐憑きは、このまゆを陥れる悪巧みにございます」

おまゆは尚も訴えた。

「何もかも、まゆを邪魔にする者どもの仕業。まゆは、まゆは哀しく、口惜しゅうございます」

おまゆは泣き崩れた。

「まゆ、分かった。分かったぞ……」

一学は、小さな髷の白髪頭を震わせた。

「おのれ……」

一学の眼に憎悪が浮かんだ。


浅吉は、旗本家の中間部屋から斜向かいの黒田屋敷を見張り続けた。

午の刻九つ（午後十二時）が過ぎた。

侍女の桔梗が、黒田屋敷から風呂敷包みを抱えて出て来た。

「誰か分かるか」

浅吉は、中間頭の猪之吉を呼んだ。猪之吉は、浅吉の隣に来て武者窓を覗いた。

「ありゃあ、おまゆさま付きの桔梗って侍女だぜ」

「おまゆさま付きの侍女……」

浅吉は眉をひそめた。

「ああ……」

「よし……」

浅吉は立ち上がった。

侍女の桔梗は、雁木坂を進んで幽霊坂から神田八ツ小路に出た。

八ツ小路には、神田川に架かる昌平橋を渡る人々が行き交っていた。

浅吉は桔梗を追った。

桔梗は昌平橋を渡り、明神下の通りを不忍池に向かった。

不忍池の畔には木漏れ日が揺れていた。

桔梗は、不忍池の畔を進んだ。

畔に一匹の野良犬がうろついていた。

桔梗は野良犬に近づき、風呂敷包みから何かを取り出して与えた。野良犬は、与えられた物を貪り食べた。

何だ……。

浅吉は木陰から見守った。

桔梗は、与えられた物を食べている野良犬を残し、不忍池の畔を尚も進んだ。

木陰を出た浅吉は、野良犬の許に走った。そして、野良犬が食べている物を見た。

野良犬は、稲荷寿司や油揚げを食べていた。

稲荷寿司に油揚げ……。

浅吉は戸惑った。

不忍池の畔を行く桔梗の姿が、木立の陰に隠れて見えなくなった。

浅吉は慌てて追った。

不忍池の畔の小道に桔梗の姿は見えなかった。浅吉は焦り、辺りを見廻した。

不意に木立の陰から桔梗が現れた。浅吉は咄嗟に隠れた。桔梗は、辺りを窺って再び歩き出した。その手には、折り畳まれた風呂敷が握られていた。

中身はどうした……。

浅吉は、桔梗が出て来た木立の陰に入った。

木立の中には、木洩れ日が重なり合っていた。

浅吉は、木立の中を見廻した。

大木の根元の茂みの中に白い着物が見えた。

浅吉は駆け寄り、白い着物を引っ張り出した。白い着物は被衣だった。そして、被衣と一緒に白い狐の面が出て来た。

これは……。

浅吉は狐の面を見つめた。

白い狐の面は、赤い眼と口をしていた。

風が吹き抜け、木洩れ日は激しく揺れた。

浅吉は、白い被衣と狐の面を持って不忍池の畔の小道に戻った。だが、桔梗の姿は何処にも見えず、不忍池に水鳥が遊んでいるだけだった。

白い被衣はしなやかに広がった。

浅吉は、広げた白い被衣の傍に狐の面を置いた。

新吾は、呆然とした面持ちで白い被衣と狐の面を見つめた。そして、神田八ツ小路で見掛けた白い被衣を纏い、狐の面を被った人影を思い出した。

「どうだい」

「ああ。八ツ小路で見掛けた狐憑きに違いないだろう」

新吾は、被衣と狐の面を見つめたまま頷いた。

「やっぱりな……」

「何処で見つけたんだ」

「不忍池の畔の木陰だ」

「不忍池……」

「ああ。おまゆさまの桔梗って侍女、知っているか」

「うん。二人いる侍女の若い方だ」

「その桔梗が、不忍池に行き、野良犬に稲荷寿司と油揚げをやり、この被衣と面を木陰の茂みに隠した」

「稲荷寿司と油揚げ……」

新吾は眉をひそめた。

「ああ。狐の大好物ってやつだぜ」

浅吉は苦笑した。

「桔梗が狐に憑かれたおまゆさまの真似をしていたのか……」

新吾は吐息を洩らした。

「きっとな。桔梗もおまゆさまの狐憑きを仕組んだ一味だぜ」

浅吉は睨んだ。

「うん……」

侍女の桔梗は、奥方のお幸の方や用人の加藤芳之助に命じられ、狐憑きになったおまゆを装い、陥れようとしていたのだ。

新吾は読んだ。

「しかし何故、お稲荷さんや狐の面を棄てたのかな」

浅吉は首を捻った。

「おそらく、おまゆさまの婿を迎える話が破談になったからだろう」

おまゆの縁談が破談になった話は、黒田家家中に知れて広まった。そして、おまゆの狐憑きを仕組んだ者たちは目的を果たした。

新吾は推し量った。

「どういう事だ」

浅吉は眉をひそめた。

「破談になれば、もうおまゆさまが狐憑きだと足を引っ張る必要はないからな」

「目的を果たし、狐の役目は終わったって訳か」

「ああ。だから、狐が憑いた証に仕度してあった油揚げや稲荷寿司は不用になり、野良犬にやってこの被衣と狐の面を棄てた。そんなところだよ」

新吾は、白い狐の面を見つめた。白い狐の面の赤い眼と口は、不吉な予感を覚えさせた。

「じゃあ、桔梗を押さえて何もかも白状させるか……」

浅吉は、冷たい笑みを過ぎらせた。

「浅吉、そいつは無理かもしれない」

「無理……」

浅吉は困惑した。

「桔梗が知らぬ存ぜぬを押し通せば、それでお仕舞だぜ」

「じゃあどうするんだ」

浅吉は、微かな苛立ちを滲ませた。

「苛々するな、浅吉。とにかく黒田屋敷に行ってみる。どうするかはそれからだ」

新吾は苦笑した。

四

黒田屋敷は長屋門を閉じていた。

新吾は潜り戸を叩いた。

中間が格子窓から覗いた。

「養生所の者にございますが、近習の門田慎之介さまに薬を届けに参りました」

新吾は、薬を届けるのを口実にして、黒田屋敷の様子を窺いに来た。

「これはこれは、ご苦労にございます」

中間は潜り戸を開けた。新吾は、潜り戸から屋敷内に入った。

「門田さまにお報せして来ます。こちらで暫時お待ち願います」

中間は、新吾を門内の腰掛けに待たせ、屋敷内にいる門田に報せに行った。

新吾は、屋敷内に異様な緊張感が漂っているのを感じた。

異様な緊張感は、次第に不気味な殺気に変わっていった。

黒田屋敷で何かが起こる……。

新吾は緊張した。

その時、侍長屋から怒声があがり、横塚と土田が表門に向かって逃げて来た。

だが、追い縋った家来たちが、横塚と土田を取り囲んだ。

「知らぬ。俺は何も知らぬ」

横塚は、大柄な身体を惨めに縮めていた。

「俺が何をしたというんだ」

土田は、血相を変えて喉を引き攣らせた。

「黙れ、用人加藤の手足となって働き、主家に仇をなしたのは明白。殿のご命令だ。大人しくしろ」

家来たちは、横塚と土田の包囲を縮めた。

新吾は見守った。

「た、助けてくれ。俺たちは加藤さまの指図で動いていただけだ」

土田は悲鳴のように叫び、刀を抜いて振り廻した。

「おのれ、血迷ったか、土田」

家来の一人が、抜き打ちに土田の刀を弾き飛ばした。そして、他の家来たちが土田と横塚に殺到した。横塚と土田は、激しく殴られて蹴り飛ばされた。

横塚は、蹴飛ばされながら大柄の身体を懸命に縮めた。だが、家来たちに容赦はない。

血と汗が飛び、悲鳴と土埃が舞い上がった。

横塚と土田は捕らえられ、引き立てられて行った。

新吾は、騒ぎに紛れて追った。

表御殿の一学の居間の庭先には、用人の加藤芳之助が門田慎之介たちによって引き据えられていた。

一学は濡縁に座り、静かに瞑目していた。

引き立てられて来た横塚と土田が、加藤の背後に引き据えられた。

新吾は、物陰に潜んで見守った。そして、おまゆがお浪や桔梗を従え、濡縁の端の物陰から見守っているのに気付いた。

おまゆは微笑みを浮かべていた。

新吾は、何故かおまゆの微笑みが気になった。


庭先には不気味な緊張が漂った。

「殿、横塚、土田の両名、引き据えましてございます」

門田は一学に告げた。

「うむ……」

一学は、瞑っていた眼を開けた。

「殿、我らが何をしたと申されるのですか」

加藤は、不服げに一学を見つめた。

「黙れ、加藤」

一学は、厳しく一喝した。

「その方、まゆを狐憑きに仕立て、早川右近どのを婿に迎える縁談を壊したのは、最早明白……」

「殿、何故にそのようなお疑いを……」

加藤は驚き、呆然と一学を見つめた。

「加藤、まゆが婿を取って黒田家の家督を継ぐのを嫌うお幸と手を結び、儂が亡き後の黒田の家を牛耳ろうとの企て、確《しか》と相違あるまい」

一学は、加藤を睨み付けて怒りを露わにした。

「殿……」

加藤は、己の身に降り掛かった一学の疑いに恐れおののいた。

「加藤、お幸はすでに座敷牢に押し込めた。潔く己の悪行を認めるのだな」

黒田一学は、おまゆの狐憑きに潜むものを、新吾たちと同じように読んでいた。

「殿、手前は身に覚えがございませんし、主家に仇なす不忠者《ふちゆうもの》にはございません。何卒、何卒、ご再考下さいますよう、お願い申しあげます」

加藤は平伏した。

「未練ぞ、加藤」

一学は怒鳴った。

「殿……」

加藤は必死だった。

「黙れ。手討ちにしてくれる」

一学の怒りは頂点に達し、刀を抜き払った。

刀は鈍く輝いた。

「と、殿……」

加藤は、恐怖に震えた。

刹那、一学は濡縁の上から加藤に斬り付けた。加藤は咄嗟に身を投げ出し、必死に一学の刀を躱した。だが、加藤の左腕から血が僅かに滴り落ちた。

「おのれ奸物《かんぶつ》。討て、討ち果たせ」

一学は怒鳴った。

門田たち家来が、加藤と横塚や土田を取り囲んだ。

「最早これまで……」

加藤は立ち上がり、脇差を抜いて構えた。横塚と土田も脇差を抜き払い、加藤に続いて身構えた。

新吾は喉を鳴らした。

おまゆの微笑みは、いつの間にか冷たい笑いになっていた。

新吾は気付いた。


土田は、獣のような咆哮をあげて脇差を振り廻し、包囲を破ろうと家来たちに突進した。横塚は、泣き喚きながら続いた。だが、家来たちは、情け容赦なく横塚と土田に襲い掛かった。

悲鳴と血が飛んだ。

横塚と土田は、滅多斬りにされて棒のように倒れ、絶命した。

加藤は、恐怖に激しく震えた。それは、武士としての見栄も矜持もない無様なものだった。

「加藤さま、腹を、腹を召されい」

門田は、眉をひそめて加藤に勧めた。

「嫌だ。俺は嫌だ」

加藤は、小刻みに震える脇差を振り廻した。

「門田、情けは無用ぞ。討ち果たせ」

一学は厳しく命じた。

「はっ。ははっ」

門田は、煽られるように返事をした。

「御免……」

門田は加藤に小さく詫び、袈裟懸けの鋭い一太刀を放った。

閃光が走った。

加藤は、左肩から胸元に掛けて袈裟懸けに斬られ、大きく仰け反って倒れた。

「門田、止めだ。早々に止めを刺せ」

一学は、顔を真っ赤にして叫んだ。

「はい」

門田は頷き、仰向けに倒れている加藤の心の臓に刀を突き刺した。

加藤は絶命した。

新吾は見届けた。そして、おまゆを窺った。

おまゆは笑っていた。

まさか……。

新吾は、我が眼を疑っておまゆを見直した。

おまゆは、確かに笑っていた。絶命した加藤を見つめ、さもおかしそうに笑っていた。

その横顔は冷たく、今までのおまゆとはまるで別人のようだった。

庭に血の臭いが漂った。

濡縁に立っていた一学の身体が大きく揺れた。

「殿……」

門田の驚愕の叫びが響いた。

次の瞬間、一学は濡縁から庭先に崩れるように倒れ落ちた。

「殿……」

門田たち家来は、庭に倒れた一学に血相を変えて駆け寄った。

新吾は物陰から飛び出し、一学の傍に駆け付けた。

「退け、退いてくれ」

新吾は、家来たちをかき分けた。

「おお、新吾どの……」

新吾は、一学の様子を見た。

一学は顔を赤くし、意識を失っていた。そして、派手な鼾を掻き始めた。

卒中……。

新吾は気が付いた。

「どうしたのだ……」

おまゆがいつの間にか背後に立ち、心配げに眉をひそめていた。

「卒中です」

新吾は教えた。

「卒中……」

おまゆと門田たち家来は驚いた。

「ええ。静かに座敷に運んで寝かせるのです。それから門田さん、医者を呼んで下さい」

新吾は、手際良く命じた。

旗本・黒田一学は、用人の加藤芳之助他二人の家来を手討ちにした後、卒中を起こして倒れた。

医者が駆け付け、懸命の手当てをして黒田一学は一命を取り止めた。だが、一学は半身不随となり、言葉も不自由になった。

おまゆの狐憑きは、一学が卒中で倒れた騒ぎの陰にいつの間にか消えた。だが、黒田屋敷は沈鬱《ちんうつ》さに沈んだ。

黒田家は一学の卒中を隠し、公儀に只の病と届け出た。そして、おまゆを中心にして黒田家存続の方策を探し始めた。

数日が過ぎた。

新吾は気になっていた。

加藤芳之助が手討ちに遭って止めを刺された時、おまゆが冷たい笑みを浮かべて見ていたのが気になった。

「冷たく笑っていたか……」

浅吉は、眉をひそめて酒を飲んだ。

「うん。まるで別人のようにな……」

新吾は、手酌で酒を飲んだ。

湯島天神男坂下の飲み屋『布袋屋』は、常連客たちが静かに酒を楽しんでいた。

「浅吉、おまゆさまの狐憑き、どう思う」

新吾は酒を啜った。

「どうって、お幸の方と加藤が、おまゆさまが婿を取って黒田家を継ぐのに反対して仕組んだ企みだろう」

浅吉は戸惑った。

「ああ。俺たちはそう思ったし、黒田一学さまもそう信じて加藤たちを手討ちにした。だが、見方を変えたらどうなるかな」

「見方を変えるって……」

浅吉は戸惑い、猪口を持つ手を止めた。

腰高障子が乱暴に開けられ、常連客の版木の彫師が血相を変えて転がり込んで来た。

「どうした」

亭主の伝六が怒ったように尋ねた。

「狐だ。狐憑きの女が出た」

彫師は、恐怖に震えながら声を嗄らした。

「なに」

「何処に出た」

新吾と浅吉は驚いた。

「昌平橋の袂だ……」

彫師は、嗄れた声を震わせた。

「浅吉」

「ああ。伝六の父っつぁん、またな」

新吾と浅吉は、飲み屋『布袋屋』を飛び出して昌平橋に向かって走った。

明神下の通りは暗かった。

新吾と浅吉は走った。

明神下の通りは、神田川と不忍池を繋いでいる。そして、昌平橋は神田川に架かっている。そこに、狐憑きの女が現れたのだ。

おまゆの狐憑きは、仕組まれた狂言であり、もう終わったはずだ。だが、狐憑きの女は、再び現れたのだ。

誰だ……。

新吾は走った。

行く手に昌平橋が見えた。

新吾と浅吉は、暗がりに潜んで昌平橋を窺った。

昌平橋に人気はなく、神田川の流れの音だけが響いていた。

新吾と浅吉は、昌平橋に忍び寄った。昌平橋を渡れば八ツ小路であり、新吾が狐憑きの女を見た処だ。

「浅吉……」

昌平橋を渡った新吾と浅吉は、八ツ小路に広がる暗がりを透かし見た。

神田川沿いの淡路坂に白い着物が揺れ、狐の面が月明かりに蒼白く輝いた。

狐憑き……。

新吾と浅吉は息を飲んだ。

白い被衣に狐の面を被った女は、狐が飛び跳ねるような軽い足取りで淡路坂を行き来した。蒼白い月明かりは、飛び跳ねる狐の面を被った女の白い被衣を輝かせた。

不気味で不思議な光景だった。

「新吾さん、土手沿いに向こうに廻るぜ」

浅吉は囁いた。

「廻ったら狐の鳴き声をな」

「承知……」

浅吉は頷き、神田川の堤を迂回して淡路坂の上に急いだ。新吾は、狐の面を被った女に向かって暗がりを忍び寄った。

狐の面を被った女は、まるで子供が遊んでいるかのように楽しげに飛び跳ねていた。

突然、狐の鳴き声が夜空に響いた。

浅吉だ……。

新吾は、狐の面を被った女に突進した。

狐の面を被った女は驚き、白い被衣を大きく翻して逃げようとした。だが、浅吉が行く手に現れた。狐の面を被った女は立ち竦んだ。

新吾と浅吉は、狐の面を被った女を捕まえた。刹那、御高祖頭巾《おこそずきん》を被ったお浪と桔梗が、懐剣《かいけん》を構えて突き掛かって来た。浅吉は、容赦なく桔梗を蹴り飛ばし、お浪を張り倒した。

新吾は、抗う女の顔から狐の面を毟《むし》り取った。

女はおまゆだった。

「おまゆさま……」

新吾は、吐息を洩らした。

「放せ。無礼者、汚い手を放せ」

おまゆは叫んだ。顔を醜く歪め、甲高い声で叫んだ。

「新吾さん……」

浅吉は眉をひそめた。

「浅吉、おまゆさまだ」

浅吉は驚いた。

「放せ。放せ、無礼者」

おまゆは、髪を振り乱し、狂ったように叫んだ。甲高い叫び声は、狐の鳴き声のように八ツ小路の暗がりに響いた。

新吾は、おまゆの正体を見た。

おまゆは、歳の離れた早川右近を婿にするのを嫌った。だが、父親の黒田一学の決めた事に逆らえるはずはない。

新吾は眉をひそめた。

「それでおまゆは、狐憑きを装ったのか……」

浅吉は、怒りを滲ませた。

「うん。そして、自分が狐憑きだという噂を流し、婿と決まった早川右近に断って貰おうと仕組んだのだ」

「そして、狙い通りに断られたか……」

「ああ。狐憑きを装うのは終わった。それでおまゆは、いらなくなった稲荷寿司や狐の面を桔梗に棄てさせた」

「だったら、お幸の方や加藤芳之助はどうなるんだい」

浅吉は戸惑った。

「己が狐憑きじゃあないと証明するには、誰かが仕組んだ事にするのが一番良い。そこで、気の合わない継母のお幸の方と用人の加藤芳之助を利用し、犠牲にしたんだ」

新吾は、手討ちにされる加藤を冷たい笑みを浮かべて見ていたおまゆを思い出し、人の奥底に秘められた残虐さを思い知らされた。

「酷い話だな」

浅吉は呆れた。

「うん。そしておまゆは、狐憑きを装って人を驚かす楽しさが忘れられなかったそうだ」

新吾は、腹立たしさを覚えた。

「おまゆは狐憑きを利用した。狐に取り憑かれたのは、黒田一学や俺たちの方だったのかも知れねえな」

浅吉は己を嘲笑った。

「ああ。おまゆは狐に取り憑かれた者より恐ろしい女だ……」

新吾は苦笑した。

一月《ひとつき》後、黒田一学は寝たきりのまま息を引き取った。

黒田家は家禄を没収されて断絶し、お幸の方と次女のおみなは田中家に引き取られ、家来と奉公人たちは離散した。そして、おまゆは処刑された。

新吾は養生所の帰り、浪人した門田慎之介が鎌倉河岸で荷揚人足をしているのを見掛けた。

新吾は、声を掛けずに通り過ぎた。

夏は過ぎ、初秋の風が吹き始めていた。

文春文庫

養生所《ようじょうしょ》見《み》廻《まわ》り同心《どうしん》 神代新吾《かみしろしんご》事件覚《じけんおぼえ》

定価はカバーに
表示してあります

花《はな》一《いち》匁《もんめ》

2011年2月10日　第1刷

著　者　藤《ふじ》井《い》邦《くに》夫《お》
発行者　村上和宏
発行所　株式会社　文藝春秋

東京都千代田区紀尾井町 3-23　〒102-8008
TEL　03・3265・1211
文藝春秋ホームページ　http://www.bunshun.co.jp
落丁、乱丁本は、お手数ですが小社製作部宛お送り下さい。送料小社負担でお取替致します。

印刷・大日本印刷　製本・加藤製本
Printed in Japan
ISBN978-4-16-780502-9